Gröls Verlage

„Bücher sind wie Fallschirme. Sie nützen uns nichts, wenn wir sie nicht öffnen."

Gröls Verlag

Redaktionelle Hinweise und Impressum

Das vorliegende Werk wurde zugunsten der Authentizität sehr zurückhaltend bearbeitet. So wurden etwa ursprüngliche Rechtschreibfehler *nicht* systematisch behoben, denn kleine Unvollkommenheiten machen das Buch – wie im Übrigen den Menschen – erst authentisch. Mitunter wurden jedoch zum Beispiel Absätze behutsam neu getrennt, um den Lesefluss zu erleichtern.

Um die Texte zu rekonstruieren, werden antiquarische Bücher von Lesegeräten gescannt und dann durch eine Software lesbar gemacht. Der so entstandene Text wird von Menschen gegengelesen und korrigiert – hierbei treten auch Fehler auf. Wenn Sie ebenfalls antiquarische Texte einreichen möchten, finden Sie weitere Informationen auf www.groels.de

Viel Freude bei der Lektüre wünscht Ihnen das Team des Gröls-Verlags.

Adressen

Verleger: Sophia Gröls, Im Borngrund 26, 61440 Oberursel

Externer Dienstleister für Distribution & Herstellung: BoD, In de Tarpen 42, 22848 Norderstedt

Unsere „Edition | Werke der Weltliteratur" hat den Anspruch, eine der größten und vollständigsten Sammlungen klassischer Literatur in deutscher Sprache zu sein. Nach und nach versammeln wir hier nicht nur die „üblichen Verdächtigen" von Goethe bis Schiller, sondern auch Kleinode der vergangenen Jahrhunderte, die – zu Unrecht – drohen, in Vergessenheit zu geraten. Wir kultivieren und kuratieren damit einen der wertvollsten Bereiche der abendländischen Kultur. Kleine Auswahl:

Francis Bacon • Neues Organon • **Balzac** • Glanz und Elend der Kurtisanen • **Joachim H. Campe** • Robinson der Jüngere • **Dante Alighieri** • Die Göttliche Komödie • **Daniel Defoe** • Robinson Crusoe • **Charles Dickens** • Oliver Twist • **Denis Diderot** • Jacques der Fatalist • **Fjodor Dostojewski** • Schuld und Sühne • **Arthur Conan Doyle** • Der Hund von Baskerville • **Marie von Ebner-Eschenbach** • Das Gemeindekind • **Elisabeth von Österreich** • Das Poetische Tagebuch • **Friedrich Engels** • Die Lage der arbeitenden Klasse • **Ludwig Feuerbach** • Das Wesen des Christentums • **Johann G. Fichte** • Reden an die deutsche Nation • **Fitzgerald** • Zärtlich ist die Nacht • **Flaubert** • Madame Bovary • **Gorch Fock** • Seefahrt ist not! • **Theodor Fontane** • Effi Briest • **Robert Musil** • Über die Dummheit • **Edgar Wallace** • Der Frosch mit der Maske • **Jakob Wassermann** • Der Fall Maurizius • **Oscar Wilde** • Das Bildnis des Dorian Grey • **Émile Zola** • Germinal • **Stefan Zweig** • Schachnovelle • **Hugo von Hofmannsthal** • Der Tor und der Tod • **Anton Tschechow** • Ein Heiratsantrag • **Arthur Schnitzler** • Reigen • **Friedrich Schiller** • Kabale und Liebe • **Nicolo Machiavelli** • Der Fürst • **Gotthold E. Lessing** • Nathan der Weise • **Augustinus** • Die Bekenntnisse des heiligen Augustinus • **Marcus Aurelius** • Selbstbetrachtungen • **Charles Baudelaire** • Die Blumen des Bösen • **Harriett Stowe** • Onkel Toms Hütte • **Walter Benjamin** • Deutsche Menschen • **Hugo Bettauer** • Die Stadt ohne Juden • **Lewis Caroll** • *und viele mehr….*

Edgar Wallace

Die Melodie des Todes

Inhalt

1. Der Amateur-Geldschrankknacker

Als in der Nacht des 27. Mai 1911 ein Schutzmann auf seinem Rundgang pflichtgemäß Tür und Schloß des Juweliergeschäftes von Gilderheim, Pascoe & Compagnie in Little Hatton Garden prüfte, fiel ihm nichts Besonderes daran auf. Bis neun Uhr abends hatten sich Herr Gilderheim und sein erster Buchhalter noch im Geschäft aufgehalten; ein Polizeibeamter in Zivil, der die Pflicht hatte, ungewöhnlichen Vorgängen nachzuforschen, war der Meinung gewesen, das Licht im Fenster des ersten Stocks sei seiner dienstlichen Beachtung wert, so daß er hinaufgegangen war, um die Ursache dieser Erscheinung festzustellen. Der 27. war ein Samstag, an dem in Hatton Garden Prinzipale und Angestellte sonst spätestens um drei Uhr Geschäftsschluß zu machen pflegen.

Herr Gilderheim, ein freundlicher Mann, war auf das Klopfen zur Tür geeilt und hatte nach dem Revolver gegriffen, den er für alle Fälle in der Tasche trug; er war sehr erleichtert gewesen, als er entdeckte, daß das Klopfen kein aufregenderes Abenteuer im Gefolge hatte als ein Gespräch mit einem ihm bekannten Polizeibeamten. Er erklärte ihm, er habe eine Diamantensendung von einer Amsterdamer Firma erhalten und habe die Steine, bevor er nach Hause ginge, noch sortieren wollen. Nach einigen scherzhaften Bemerkungen über die verführerische Anziehungskraft, die Diamanten im Werte von sechzigtausend Pfund auf die gewissenlosen ›Mächte der Finsternis‹ hätten, war der Beamte fortgegangen.

Um neun Uhr vierzig verschloß Herr Gilderheim die Juwelen in seinem großen Tresor, vor dem Tag und Nacht ein elektrisches Licht brannte; dann verließ er in Begleitung seines Angestellten das Haus Nr. 93 Little Hatton Garden und machte sich in Richtung Holborn auf den Weg.

Der diensthabende Schutzmann wünschte ihnen „Gute Nacht“, und der Beamte in Zivil, der sich an dem Holborner Ende der Straße befand, wechselte noch einige Worte mit ihnen.

„Haben Sie die ganze Nacht Dienst?“ fragte Herr Gilderheim, während sein Angestellter nach einem Wagen rief.

„Ja, mein Herr,“ sagte der Beamte.

„Das ist gut,“ sagte der Geschäftsmann. „Es wäre mir sehr angenehm, wenn Sie ein besonderes Auge auf mein Haus haben wollten. Ich bin ziemlich ängstlich, weil ich so große Werte im Geldschrank gelassen habe.“

Der Beamte lächelte.

„Ich glaube nicht, daß Sie sich Sorgen zu machen brauchen, mein Herr,“ sagte er, und nachdem der Wagen mit Herrn Gilderheim weggefahren war, ging er nach Nr. 93 zurück.

Aber in dieser kurzen Zeitspanne zwischen der Abfahrt des Diamantenhändlers und der Rückkehr des Geheimpolizisten hatte sich mancherlei ereignet. Kaum hatte Gilderheim den Geheimpolizisten erreicht, als zwei Männer rasch vom andern Ende der Straße herankamen. Unverzüglich ging der erste auf Nr. 93 zu, öffnete die Tür mit einem Schlüssel und trat ein. Der zweite Mann folgte ihm. Ihre Bewegungen verrieten weder Unsicherheit noch Heimlichtuerei. Man hätte sie für langjährige Mieter des Hauses halten können, so selbstverständlich war ihre ganze Handlungsweise.

Noch keine halbe Minute, nachdem der zweite Mann hineingegangen war, kam ein dritter aus der gleichen Richtung, hielt an dem Haus, schloß die Tür mit derselben gelassenen Sicherheit auf, die am Auftreten des ersten Ankömmlings bemerkenswert gewesen war, und ging hinein.

Drei Minuten später waren zwei von den dreien oben im ersten Stock.

Mit außergewöhnlicher Gewandtheit holte der eine zwei kleine Stahlflaschen aus seinen Taschen, befestigte geschickt Gummischläuche daran und montierte den kleinen Lötkolben seiner Lampe an, während der zweite auf dem Boden eine kleine Sammlung äußerst feiner und vollendet schöner Werkzeuge ausbreitete. Keiner der beiden sprach. Sie lagen flach auf dem Boden, ohne das Licht, das vor dem Tresor brannte, auszulöschen. Eine Zeitlang arbeiteten sie schweigend; als der kräftigere der beiden den Spiegel erblickte, der in der Kehle der Decke angebracht war und Passanten auf der Straße unten Sicht auf den oberen Teil des Tresors gewährte, sagte er:

„Auch der Spiegel kann uns nicht verraten, glaube ich."

Der zweite Einbrecher war ein schlanker, jugendlicher Mann mit einem Haarschopf, der auf einen Musiker schließen ließ.

Er schüttelte den Kopf.

„Falls nicht alle Gesetze der Optik ausgerechnet für diese Gelegenheit auf den Kopf gestellt sind," sagte er mit einem ganz leisen ausländischen Akzent, „können wir unmöglich gesehn werden."

„Das beruhigt mich," sagte der erste.

Während er die zischende Flamme gegen die Stahltür arbeiten ließ, pfiff und summte er eine kleine Melodie vor sich hin.

Sorgfältig brannte er das Schloß aus und zweifelte nicht im geringsten am Gelingen, denn es war ein altmodischer Schrank.

Eine halbe Stunde lang wechselten sie weiter kein Wort miteinander. Der Mann mit dem Lötkolben fuhr in seiner Arbeit fort, der andre schaute mit schweigendem Interesse zu, bereit, seine Rolle zu spielen, wenn das Werk weit genug gediehen war.

Nach einer halben Stunde wischte sich der ältere der beiden mit dem Handrücken über seine schweißtriefende Stirn, denn die Hitze, die die Flamme von der Stahltür zurückstrahlte, machte sich tüchtig fühlbar.

„Warum hast du beim Türschließen solch einen Lärm gemacht?" fragte er. „Du bist doch sonst nicht so unvorsichtig, Calli."

Der andre blickte ihn etwas erstaunt an.

„Ich habe durchaus keinen Lärm gemacht, mein lieber George," sagte er. „Wenn du im Hauseingang gestanden wärst, hättest du es nicht hören können; tatsächlich, ich habe die Tür ebenso geräuschlos zugemacht, als ich sie geöffnet habe."

Der schwitzende Mann auf dem Boden lächelte.

„Das war allerdings leicht für dich," sagte er.

„Warum?" fragte der andre.

„Weil ich sie gar nicht zugemacht habe. Du bist doch gleich nach mir hereingekommen."

Etwas in dem Schweigen, mit den: seine Worte ausgenommen wurden, ließ ihn aufschauen. Das Gesicht seines Kameraden zeigte einen verblüfften Ausdruck.

„Ich habe die Tür mit meinem eigenen Schlüssel geöffnet," sagte der jüngere Mann gedehnt.

„Du hast geöffnet ...?" Der Mann, der auf den Namen George hörte, runzelte die Stirn. „Ich versteh dich nicht, Callidino. Ich hab doch die Tür offen gelassen und du bist hinter mir hereingekommen; ich bin schnurstracks heraufgegangen und du bist mir gefolgt."

Callidino schaute den andren kopfschüttelnd an.

„Ich habe die Tür selbst mit dem Schlüssel aufgeschlossen," sagte er ruhig. „Wenn jemand hinter dir hereinkam – nun, dann haben wir alle Veranlassung nachzusehen, wer es ist."

„Du meinst ...?"

„Ich meine," sagte der kleine Italiener, „es wäre äußerst mißlich, wenn ein dritter Gentleman bei dieser unpassenden Gelegenheit zugegen wäre."

„Allerdings, das wäre fatal."

„Warum?"

Die beiden fuhren verdutzt herum, denn die Stimme, die ohne eine Spur von Erregung diese Frage stellte, war die eines dritten Mannes; er stand unter der Tür, wo er in der Ecke des Zimmers gegen Beobachtung vom Fenster her geschützt war.

Er war im Gesellschaftsanzug und trug einen leichten Mantel über dem Arm.

Sie konnten nicht beurteilen, was für ein Mann das sei und wie er aussehe, weil eine schwarze Maske sein Gesicht von der Stirn bis zum Kinn verhüllte.

„Bitte, rühren Sie sich nicht," sagte er, „und betrachten Sie den Revolver in meiner Hand nicht als Drohung. Ich trage ihn nur zum Selbstschutz, und Sie werden mir zugestehn, daß ich unter diesen Umständen und in Anbetracht meiner äußerst heiklen Lage sicher berechtigt bin, diese Vorsichtsmaßregel zu treffen."

George Wallis ließ ein unterdrücktes Lachen hören.

„Sir," sagte er, ohne seine Stellung zu verändern, „Sie sind vielleicht ein Mann nach meinem Herzen, aber ich werde besser Bescheid wissen, wenn Sie mir genau gesagt haben, was Sie eigentlich wollen."

„Ich will lernen," sagte der Fremde.

Er stand da und betrachtete die beiden mit offensichtlichem Interesse. Durch die Löcher, der Maske blickten ein Paar lebhafter und scharfer Augen.

„Fahren Sie mit Ihrer Arbeit fort, bitte," sagte er. „Es wäre mir sehr unangenehm, Sie zu stören."

George Wallis nahm den Lötkolben wieder zur Hand und wandte sich wieder zur Schranktüre. Er war ein äußerst anpassungsfähiger Mann und eine Situation, in der er sich in die Enge getrieben fühlte, war ihm noch nicht vorgekommen.

„Da es nun einmal," sagte er, „gar nichts ausmacht, ob ich aufhöre oder weitermache, falls Sie ein Vertreter von Gesetz und Ordnung sind, kann ich ja ebensogut fortfahren. Denn wenn Sie kein Vertreter dieser beiden verehrungswürdigen, ausgezeichneten und notwendigen Einrichtungen sind, so könnte ich mir mit Ihrem Einverständnis wenigstens die Hälfte der Beute sichern."

„Sie können das Ganze behalten," sagte der Mann schroff. „Ich habe nicht den Wunsch, die Früchte Ihres Raubes mit Ihnen zu teilen, sondern ich will nur in Erfahrung bringen, wie es gemacht wird. – Das ist alles."

„Das werden Sie lernen," sagte George Wallis, der berühmteste aller Einbrecher, „und zwar durch die Hand eines Sachverständigen, das dürfen Sie mir glauben."

„Das weiß ich," sagte der andre ruhig.

Ohne sich augenscheinlich durch die ungewöhnliche Unterbrechung weiter stören zu lassen, fuhr Wallis mit seiner Beschäftigung fort. Die Hände des kleinen Italieners hatten nervös gezuckt; von seiner Seite aus hätte es vielleicht zu einem Zwischenfall kommen können; aber die überlegene Stärke und Kaltblütigkeit des andern Mannes, der offenbar der führende Kopf war, hatten einen solchen Einfluß auf seinen Kameraden, daß auch er sich damit abfand, alle Folgen, die durch die Anwesenheit dieses Mannes drohen könnten, in Kauf zu nehmen. Der maskierte Fremde war es, der das Schweigen brach.

„Ist es nicht sonderbar," sagte er, „daß es zwar technische Schulen für jede Art von Handwerk, Kunst und Gewerbe gibt, aber keine, die sich damit befaßt, die Kunst des Zerstörens zu lehren. Glauben Sie mir, ich bin sehr dankbar dafür, daß ich die Gelegenheit habe, zu Füßen eines Meisters zu sitzen."

Seine Stimme war nicht unfreundlich, aber es lag eine gewisse Härte darin, die nicht im Einklang stand mit dem lässigen Ton, den er anschlug.

Der Mann auf dem Boden setzte seine Arbeit eine Zeitlang fort, dann sagte er, ohne den Kopf zu wenden:

„Ich möchte zu gerne genau wissen, wie Sie hereingekommen sind."

„Ich bin Ihnen auf dem Fuße gefolgt," sagte der Maskierte. „Ich wußte, Sie würden klugerweise einen gewissen Abstand voneinander halten. Sehen Sie," fuhr er fort, „Sie haben dieses Geschäft schon fast eine Woche lang beobachtet; einer von Ihnen hat tatsächlich jede Nacht Dienst getan. Sie haben weiter oben in der Straße ein kleines Geschäft gemietet, das Ihnen die Beobachtung dieses Grundstückes erlaubte. Ich schloß daraus, daß Sie heute morgen Ihr Gas mitgebracht hatten. Sie hätten sich diese Nacht ausgesucht. Während Sie in dem dunklen Torweg des Hauses, in dem Ihr Bureau liegt, warteten, hat einer von Ihnen aufgepaßt, wann das Licht ausgehen und Herr Gilderheim das Haus verlassen würde. Nachdem er weggegangen war, kamen Sie, Sir," – er zeigte auf den Mann auf dem Boden – „unverzüglich heraus, Ihr Kamerad jedoch folgte nicht sofort. Außerdem blieb er unterwegs stehen, um ein kleines Bündel Briefe aufzuheben, das anscheinend ein zerstreuter Mensch hatte fallen lassen, und da sich unter diesen Briefen zwei versiegelte Päckchen befanden, wie sie die Geschäftsleute von Hatton Garden an ihre Kunden zu versenden pflegen, war es mir möglich, der Beobachtung des zweiten Mannes zu entgehen und Ihnen dicht auf den Fersen zu folgen."

Callidino lachte leise.

„Das stimmt," sagte er, dem Mann auf dem Boden zunickend. „Das war sehr geschickt gemacht. Ich vermute, Sie ließen das Paket fallen?"

Der Mann mit der Maske neigte bejahend den Kopf.

„Machen Sie bitte weiter," sagte er, „lassen Sie sich durch mich nicht aufhalten."

„Und was soll geschehen, wenn ich fertig bin?" fragte George, immer noch sein Gesicht dem Schrank zuwendend.

„Soweit ich in Betracht komme, nichts. Sobald Sie Ihre Arbeit erledigt und herausgeholt haben, was hier herauszuholen ist, werde ich mich zurückziehn."

„Sie wollen Ihren Anteil haben, nehme ich an?"

„Durchaus nicht," sagte der andre ruhig. „Ich will unter keinen Umständen einen Anteil. Ich habe kein Recht darauf. Meine gesellschaftliche Stellung hindert mich, auf dem schlüpfrigen Pfade weiter zu gehn, als bei Ihrem Diebstahl ein Auge zuzudrücken."

„Kapitalverbrechen," verbesserte der Mann auf dem Boden.

„Kapitalverbrechen," stimmte der andre zu.

Er wartete, bis die schwere Safetür geräuschlos aufging und George die Hand hineinsteckte, um den Inhalt herauszuholen; dann schritt er ohne ein weiteres Wort zur Türe und schloß sie hinter sich.

Die beiden Männer setzten sich auf und lauschten. Sie hörten nichts weiter; einzig das leise Einschnappen der Haustüre verriet ihnen, daß ihr merkwürdiger Besucher das Haus verlassen hatte.

Sie sahen einander an ... Interesse lag auf dem Antlitz des einen, auf dem des anderen Belustigung.

„Ein seltsamer Kerl," sagte Callidino.

Der andre nickte.

„Äußerst seltsam," erwiderte er, „und noch seltsamer wird es sein, wenn wir heute nacht mit unsrer Beute aus Hatton Garden hinauskommen."

Es schien, daß tatsächlich das ›Noch Seltsamere‹ eintraf, denn niemand sah die Juwelendiebe fortgehen; und der Einbruch in Gilderheims Juwelenschrank gab einen ebenso interessanten Gesprächsstoff ab wie die Aussichten Sunstars für das große Rennen.

2. Sunstars großes Rennen

Da war es wieder!

Jetzt war es zu hören, sanft und leidvoll über dem Wirrwarr von Lauten und dem Stimmgemurmel schwebend, dann versank es wieder, gleich einem verlorenen goldenen Faden, der verfangen im grauen Gewebe des Alltags aufglüht und erlischt ... Gilbert Standerton horchte gespannt und bemühte sich, den Ort, woher die Töne kamen, festzustellen.

Es war die ›Melodie in F-Dur‹, die der Musiker spielte.

„Es wird einen Gewittersturm geben."

Gilbert hörte die Stimme nicht. Er saß mit den Händen um die Knie und schweißüberströmtem Gesicht auf dem Bocke eines Wagens.

In seiner Haltung lag etwas Tragisches, das fast ein wenig Besorgnis erregen konnte. Das Profil, das er seinem gereizten Freunde zuwandte, zeigte klassische Linien – eine hohe und wohlgeformte Stirn, eine vielleicht etwas lange Nase, ein starkes und entschlossenes Kinn.

Als Leslie Frankfort zu dem geistesabwesenden Träumer aufblickte, mußte er an das landläufige Bild von Dante denken, obwohl Dante niemals einen steifen Hut trug oder ein so ausschließliches Interesse für die Menschenmenge an einem Renntage gezeigt hätte.

„Es wird ein Gewitter geben."

Leslie kletterte die paar Trittbretter hinauf und ließ sich auf den Sitz neben Gilbert fallen. Der andre fuhr aus seiner Träumerei auf.

„Wirklich?" fragte er und wischte sich die Stirne ab.

Doch als er um sich schaute, lenkte er seine Augen nicht auf die dunklen Wolken, die sich über Banstead ballten, sondern auf die dichtgedrängten Massen von Männern und Frauen, auf die grellen Plakate, die eindringlich den guten Ruf und die Gründung der ›alten Firma‹ verkündeten; auf die Bretterbuden am Hügel, die lange Reihe von Leinwandplanen, die man aufgestellt hatte, um irgendeinen Whisky anzupreisen; die dünnen Gerüste der Tribünen an der entgegengesetzten Seite der Rennbahn; die Geschäftigkeit, der Lärm und das lebensvolle Treiben der unübersehbaren Menschenmenge ließen auch ein Junigewitter als belanglos erscheinen.

„Wenn Sie nur wüßten, wie bemitleidenswert Sie mit Ihren herabgezogenen Brauen aussehn," sagte Leslie Frankfort etwas verärgert, aber gutmütig, „so würden Sie nicht in einer Pose dasitzen wie für ein Bild des ›ruinierten Spielers‹. Mein lieber Freund, mit Ihrem langen, trübseligen Gesicht würden Sie ein gutes Modell für einen Farbdruck abgeben, der in der Weihnachtsnummer der Anti-Spielzeitung erscheinen müßte. Ich vermute, es gibt so eine Zeitung."

Gilbert lachte kurz.

„Diese Menschen interessieren mich," sagte er, sich zum Sprechen aufraffend. „Können Sie sich nicht vorstellen, was sie alles im Kopfe haben? Jeder einzelne von ihnen stellt eine eigene Persönlichkeit dar, jeder von ihnen trägt eine Hoffnung oder eine Furcht in seinem Herzen; jeder einzelne hat die Fähigkeit, zu lieben, zu hassen oder zu trauern. Schauen Sie auf den Mann dort!“ sagte er und deutete mit seinem langen nervösen Finger.

Der Mann, auf den er zeigte, stand in einer kleinen grünen Oase, wo der Verkehr des Publikums so geregelt war, daß ein freier Platz blieb; in dessen Mitte war ein Mann von mittlerer Größe mit einem schwarzen steifen Hut im Nacken und einer langen dünnen Zigarre zwischen seinen weißen, regelmäßigen Zähnen zu sehen. Er war zu weit entfernt, als daß Leslie diese Einzelheiten hätte unterscheiden können, aber Gilbert Standertons Vorstellungskraft ergänzte die Lücken des Bildes, denn er hatte diesen Mann schon einmal gesehn.

Als fühle er die beobachtenden Blicke, drehte sich der Mann um und kam langsam zu dem abgegrenzten Wagenplatz heran. Er nahm die Zigarre aus dem Munde und lächelte, als er den Herrn auf dem Bocke erkannte.

„Wie geht es Ihnen, Sir?“

Seine Stimme klang schrill und dünn, als läge eine unermeßliche Entfernung zwischen ihnen, aber er schrie offenbar laut, um seine Stimme über das Stimmgebrause der Menge zu erheben. Gilbert winkte lächelnd mit der Hand, worauf sich der Mann mit einem Lüften des Hutes umwandte und in einem Menschenschwarm verschwand, der ihn verschluckte.

„Ein Dieb,“ sagte Gilbert, „und zwar einer von hübsch großem Format – er heißt Wallis; es gibt viele Wallise hier. Für einen denkenden Menschen ist solch eine Menge ein schreckliches Schauspiel.“

Der andre blickte ihn scharf an.

„Die Menschenmenge wird erst etwas Schreckliches, wenn man bei einem Gewittersturm durch sie hindurch muß,“ sagte er als praktischer Mann. „Ich bin dafür, wir gehn fort und holen das Auto.“

Gilbert nickte. Er erhob sich steif wie ein Mann mit Krampf in den Beinen und stieg langsam die Stufen auf den Boden hinab. Sie gingen durch die Einfriedung und überquerten die Bahn, kamen durch den kleinen Sattelplatz, dann durch lange Gänge, wo Presseleute, Jockeis und Kellner sich wie immer an Renntagen durcheinander drängten. Dann waren sie draußen auf der Hauptstraße. Auf dem mit Seilen umspannten Autopark fanden sie ihren Wagen und, was verwunderlicher war, ihren Chauffeur.

Zweimal schon hatte das erste Flackern blauer Blitze auf die Downs niedergezuckt und warnendes Donnergekrach die schwüle Luft erschüttert, als der Wagen sich in den Verkehrsstrom nach London einzufädeln begann. Das Gewitter, das sich schon den ganzen Nachmittag über zusammengebraut hatte, brach mit furchtbarer Wut über Epsom los. Es blitzte unaufhörlich, der Regen stürzte in einem fast undurchdringlichen Wasserschwall hernieder und ein Donnerkrach nach dem andern betäubte ihre Ohren.

Der große Menschenschwarm auf dem Hügel löste sich auf, als zerfließe er; die Ränder des Schwarmes fransten sich zu langen schwarzen Wimpeln aus; die Leute eilten schleunigst zu den drei Bahnstationen. Es erforderte außergewöhnliche Geschicklichkeit, das Auto aus dem Chaos von Kremsern und Autodroschken, zwischen denen es eingekeilt war, herauszuwinden.

Standerton hatte den Platz neben dem Chauffeur eingenommen, obwohl es ein geschlossener Wagen war. Er war ein Mann von rascher Beobachtungsgabe und schon beim zweiten Blitz hatte er gesehn, wie das Gesicht des Chauffeurs weiß wurde und seine Lippen zuckten. Eine fast nächtliche Dunkelheit bedeckte den Himmel. Ringsherum war der Horizont von einem trübe-drohenden, orangefarbenen Dunst eingesäumt; ein so schreckliches Unwetter hatte man seit vielen Jahren in England nicht erlebt.

Obwohl der Regen in Strömen herabkam, achtete der junge Mann neben dem Chauffeur nicht darauf. Er beobachtete die nervösen Hände des Mannes, die das Rad hin und her wenden mußten, da der Wagen einen Seitenweg nach dem andern nehmen mußte, um die vollgepfropfte Hauptstraße zu vermeiden.

Plötzlich flackerte ein Lichtstreifen vor dem Wagen auf und Standerton wurde durch ein Krachen betäubt, das noch furchtbarer als die vorausgegangenen Donnerschläge war.

Der Chauffeur prallte instinktiv mit schreckensbleichem Gesicht zurück; seine zitternden Hände ließen das Steuerrad und sein Fuß das Pedal los. Der Wagen wäre zum Stehen gekommen, wären sie nicht gerade am Rande einer Böschung gewesen.

„Mein Gott!“ wimmerte er, „es ist schrecklich. Ich kann nicht mehr weiter, Sir.“

Schon war Gilbert Standertons Hand am Rad und sein elegant beschuhter Fuß am Bremspedal.

„Machen Sie, daß Sie wegkommen!“ sagte er grimmig. „Rasch hier herüber!“

Der Mann gehorchte und schob sich zitternd, mit den Händen vor dem Gesicht, auf den Platz seines Herrn, während Standerton auf den Führersitz rutschte und die Kuppelung einschaltete.

Es war ein Glück, daß er ein hervorragend geschickter Fahrer war; aber er mußte seine ganze Kunst aufbieten, um den Wagen den Hang hinabzubringen, der zu den lehmigen Downs führte. Als sie stoßweise vorwärts kamen, ging wieder ein Platzregen los, so daß der Boden von einer Wasserflut wie bei einer Überschwemmung bedeckt war. Die Räder des Wagens rutschten und glitschten auf dem fettigen Boden, aber der Mann am Steuerrad behielt seinen klaren Kopf und brachte den großen Wagen allmählich, nachdem er einen kleinen Hang hinabgeglitten war, wieder auf die Hauptstraße. Sie war besät mit eilig trampelnden Menschen; nur langsam kam er unter fortwährendem Hupen vorwärts, bis der Wagen plötzlich mit einem Stoß stehen blieb.

„Was ist los?“

Leslie Frankfort hatte das Fenster geöffnet, das den Führersitz von den Insassen des Wagens trennte.

„Dort ist ein alter Mann, dort," sagte Gilbert über die Schulter zurück, „haben Sie etwas dagegen, ihn mit in den Wagen hineinzunehmen? Ich werde Ihnen nachher sagen warum."

Er deutete auf zwei klägliche Gestalten am Straßenrand. Es war ein alter Mann und ein Mädchen; Leslie konnte ihre Gesichter nicht deutlich sehn. Sie standen mit dem Rücken gegen den Sturm gekehrt und hatten einen dünnen Mantel über sich gebreitet.

Gilbert rief etwas, und auf den Klang seiner Stimme hin wandte sich der Alte um. Er hatte ein schönes Gesicht; es war schmal, feingeschnitten und geistig: das Gesicht eines Künstlers. Sein graues Haar hing über den Kragen und unter dem Mantel hielt er etwas, dessen Schutz ihm mehr am Herzen zu liegen schien als sein eigener Schutz vor dem erbarmungslosen Platzregen.

Das Mädchen an seiner Seite mochte etwa siebzehn Jahre alt sein; es war ein schwermütig blickendes Kind, das mit seinen großen furchtlosen Augen die Insassen des Wagens ernst musterte. Der alte Mann zögerte bei Gilberts Einladung, aber als dieser ihm ungeduldig winkte, brachte er das Mädchen über die Straße herüber, und Leslie öffnete die Tür.

„Springen Sie rasch herein," sagte er. „Weiß Gott, Sie sind hübsch naß!"

Er schlug die Tür zu und sie setzten sich ihm gegenüber. Sie waren in einem kläglichen Zustand; das Kleid des Mädchens war völlig durchweicht und ihr Gesicht so naß, als wäre sie gerade aus dem Bade gekommen.

„Legen Sie den Mantel ab," sagte Leslie kurz. „Ich habe ein paar trockene Taschentücher; ich fürchte allerdings, Sie brauchen eher ein Badetuch."

Sie lächelte. „Es ist sehr liebenswürdig von Ihnen," sagte sie. „Wir werden Ihren Wagen verderben."

„Oh, das macht gar nichts," erwiderte Leslie heiter. „Es ist übrigens nicht mein Wagen. Auf jeden Fall," fügte er hinzu, „wenn Herr Standerton hereinkommt, wird er ihn noch viel schlechter zurichten."

Er fragte sich verwundert, welch wunderliche Laune Standerton veranlaßt haben mochte, diesen beiden Leuten eine Zuflucht in seiner Limousine zu gewähren.

Der Alte lächelte, als er zu sprechen begann, und seine ersten Worte enthielten eine Erklärung.

„Herr Standerton ist immer sehr gut zu mir gewesen," sagte er höflich, fast demütig.

Er hatte eine sanfte, wohllautende Stimme. Leslie Frankfort merkte, daß es die Stimme eines gebildeten Mannes war. Er mußte lächeln; denn er war schon zu sehr an Begegnungen mit Standertons Freunden gewöhnt, als daß er über diese regendurchweichten Straßenmusikanten überrascht gewesen wäre; als solchen schätzte er ihn wenigstens ein nach dem Hals der Geige, der aus seinem durchnäßten Mantel herauslugte.

„Sie kennen ihn also?"

Der alte Mann nickte.

„Ich kenne ihn sehr gut," erwiderte er.

Er holte das Instrument, das er unter dem Mantel hielt, hervor und Leslie Frankfort sah, daß es eine alte Geige war. Der Alte prüfte sie ängstlich, dann legte er sie mit einem Seufzer der Erleichterung auf seine Knie.

„Hoffentlich hat sie keinen Schaden erlitten?" fragte Leslie.

„Nein, Sir," sagte der andre. „Ich hatte schon große Angst, der Tag, der so ersprießlich gewesen war, könnte ein schlimmes Ende nehmen."

Sie hatten auf den Downs gespielt und einen reichen Verdienst eingeheimst.

„Meine Enkelin spielt auch," sagte der Alte. „Wir lieben zwar sonst die große Menge nicht, aber sie bedeutet jedesmal Geld" – er lächelte – „und unsere Lage erlaubt uns nicht, irgendeine günstige Gelegenheit von der Hand zu weisen.“

Sie waren nun aus dem Bereich des Unwetters; nachdem sie Sutton hinter sich hatten und in einer Gegend angelangt waren, wo die Straßen fast noch trocken waren, hielt Gilbert mit dem Wagen an und übergab das Steuerrad dem beschämten Chauffeur.

„Es tut mir sehr leid, Sir,“ begann der Mann.

„Oh, regen Sie sich nicht darüber auf,“ lächelte sein Herr; „man braucht sich nicht zu schämen, weil man vor einem Gewitter Angst hat. Mir war früher ebenso übel zumute, bis ich dieser Schwäche Herr geworden bin ... es gibt noch schlimmere Sachen,“ fügte er, halb für sich, hinzu.

Während der Mann einige Worte des Dankes stammelte, öffnete Gilbert die Wagentür und stieg ein. Er nickte dem alten Mann zu und begrüßte das Mädchen mit einem kurzen Lächeln.

„Ich habe Sie gleich erkannt,“ sagte er. „Das ist Herr Springs,“ wandte er sich an Leslie. „Er ist ein sehr alter Freund von mir. Wenn Sie bei St. Johns Wood gespeist haben, haben Sie sicher Springs Geige unter dem Eßzimmerfenster gehört. Es gehörte zum Programm, nicht wahr Herr Springs?“ sagte er. „Übrigens,“ fragte er plötzlich, „spielten Sie ...“

Er brach ab, und der alte Mann, der den Sinn der Frage mißverstand, nickte bejahend.

„Jedenfalls,“ fuhr Gilbert, plötzlich einen andern Ton anschlagend, fort, „wäre es nicht menschlich gewesen, meine Privatkapelle in den Epsom Downs ertrinken zu lassen, ganz zu schweigen von der Möglichkeit, daß sie vom Blitz erschlagen würde.“

„Bestand denn diese Gefahr?“ fragte Leslie überrascht.

Gilbert nickte.

„Als ich durch die Downs fuhr, sah ich, wie ein armer Teufel getroffen wurde,“ sagte er. „Eine Menge Leute hatten sich um ihn versammelt.

Darum habe ich mich nicht um ihn gekümmert und angehalten. Es war ein schrecklicher Anblick.“

Er schaute durch das kleine ovale Fenster nach rückwärts.

„Wir werden es heute abend noch in London haben,“ sagte er, „aber in der Stadt wirken Gewitter nicht so gefährlich wie auf dem Lande, sie sind nicht so aufregend. Die hohen Hausdächer haben etwas Beruhigendes für nervöse Leute.“

In Balham verabschiedeten sie sich von dem alten Mann und seiner Enkelin; als der Wagen seine Fahrt fortsetzte, wandte sich Leslie mit einem verblüfften Ausdruck an seinen Gefährten.

„Sie sind ein wundervoller Mensch, Gilbert,“ sagte er; „ich werde nicht klug aus Ihnen. Erst heute morgen haben Sie sich selbst als ein Nervenwrack bezeichnet ...“

„Habe ich das gesagt?“ fragte der andre trocken.

„Nun, Sie haben es nicht mit diesen Worten gesagt,“ erwiderte Leslie mit bekümmerter Miene, „aber es war eine ähnliche Schilderung, die Ihnen offenbar zusagte. Und dann, angesichts eines Unwetters, das mir offengestanden eine gehörige Angst einjagte, nehmen Sie einfach den Platz Ihres Chauffeurs ein und steuern den Wagen durch das Gewitter. Außerdem haben Sie noch so viel Umsicht, einen alten Mann aufzulesen, obwohl Ihnen niemand den geringsten Vorwurf hätte machen können, wenn Sie ihn seinem üblen Schicksal überlassen hätten.“

Gilbert antwortete nicht gleich; dann lachte er ein wenig bitter.

„Es gibt dutzenderlei Arten von Nervosität,“ sagte er, „und diese ist zufällig keine von mir. Der Alte ist ein wichtiger Faktor in meinem Leben, obwohl er es nicht weiß – nichts weniger als das Werkzeug des Schicksals.“

Fast feierlich ließ er seine Stimme sinken. Dann schien ihm einzufallen, daß der neugierige Blick des andren auf ihn gerichtet war.

„Ich weiß nicht, wie Sie zu dem Eindruck gekommen sind, ich sei ein nervöses Wrack," sagte er kurz. „Es ist kaum die ideale Verfassung für einen Mann, der sich in dieser Woche verheiraten will."

„Das ist vielleicht die Ursache, mein lieber Freund," erwiderte der andre bedächtig. „Ich kenne eine ganze Anzahl von Leuten, die in Anbetracht dieser Aussicht unheimlich aufgeregt waren. Da war zum Beispiel Tuppy Jones, der einfach davongelaufen ist – er hätte sein Gedächtnis verloren, oder irgend so einen Schwindel haben die Zeitungen behauptet."

Gilbert lächelte.

„Ich tat etwas, das gleich nach dem Davonlaufen kommt," entgegnete er ein wenig verstimmt. „Ich habe um Verschiebung der Hochzeit gebeten."

„Aber warum?" forschte der andre. „Ich wollte Sie schon heute morgen, als ich Sie abholte, danach fragen, aber dann ist es mir aus dem Gedächtnis entschwunden. Frau Cathcart sagte mir, sie wolle nichts davon hören."

Obgleich Gilbert ihn nicht ermutigte, das Thema weiter zu verfolgen, fuhr der gesprächige junge Mann fort:

„Nimm die Gabe der Götter an, mein Sohn," sagte er. „Da haben Sie nun eine Stelle im Auswärtigen Amt. Der Posten eines Unterstaatssekretärs steht Ihnen in absehbarer Zeit in Aussicht, dazu eine ganz entzückende und schöne Braut, Sie sind reich ..."

„Ich wollte. Sie sagten das nicht," sagte Gilbert scharf. „Das denken alle Leute in London. Außer meinem Gehalt habe ich keinerlei Geldmittel. Dieser Wagen," sagte er, da er den fragenden Ausdruck in des andren Augen sah, „gehört allerdings mir – wenigstens war er ein Geschenk meines Onkels, und ich nehme nicht an, daß er ihn zurück haben will, bevor ich ihn verkaufe. Gott sei Dank, für Sie macht das keinen Unterschied," fuhr er immer noch mit dem harten Klang in seiner Stimme fort, „aber ich bin nur zu sehr zu der Meinung geneigt, daß zwei Drittel meiner freundschaftlichen Beziehungen und die ganze Liebenswürdigkeit, die mir manchmal zuteil wird, auf dieser Täuschung über meinen Reichtum beruhen. Die Leute glauben, ich sei der Erbe meines Onkels."

„Aber sind Sie es denn nicht?" fragte der andre voller Staunen.

Gilbert schüttelte den Kopf.

„Mein Onkel hat vor kurzem der Absicht Ausdruck gegeben, sein ganzes Vermögen jener schätzenswerten Anstalt zu hinterlassen, die der Hundewelt so hervorragende Dienste leistet – dem Hundeheim in Battersea."

Leslie Frankforts gutmütiges Gesicht zeigte einen Ausdruck tragischer Verblüffung.

„Haben Sie das Frau Cathcart gesagt?" fragte er.

„Frau Cathcart?" erwiderte der andre überrascht.

„Nein, ich habe ihr nichts davon erzählt. Ich glaube nicht, daß es nötig ist. Schließlich," sagte er lächelnd, „heiratet mich Edith nicht um des Geldes willen, sie ist selbst recht wohlhabend, nicht wahr? Nicht, daß es mir etwas ausmacht," fuhr er hastig fort, „ob sie reich oder arm ist."

Den Rest der Fahrt legten die beiden Männer schweigend zurück und an der Ecke der St. James-Straße setzte Gilbert seinen Freund ab.

Er fuhr zu dem kleinen Haus weiter, das er samt Einrichtung vor einem Jahr gemietet hatte, als ihm Heirat noch als die entlegenste Möglichkeit erschienen war und als seine äußeren Verhältnisse sich noch viel glänzender dargestellt hatten, als sie es gegenwärtig waren.

Gilbert Standerton gehörte zu einer jener sonderbaren Familien, die völlig aus Neffen zu bestehen scheinen. Sein Onkel, ein wunderlicher alter Anglo-Inder, hatte die Zukunft des Knaben in die Hand genommen; seinem Einfluß hatte Gilbert hauptsächlich die Stellung zu verdanken, die er jetzt bekleidete. Mehr noch, er hatte ihn zu seinem Erben gemacht, und da er ein Mann war, der nichts im geheimen tat, sondern eher zu Geschwätzigkeit neigte, verbreitete sich die Nachricht von Gilberts großem Glück von einem Ende Englands zum andern.

Dann war – einen Monat, bevor diese Geschichte beginnt – wie eine Bombe eine kurze Mitteilung von seinem Verwandten eingetroffen, er habe es für gut befunden, die Bestimmungen seines Testamentes zu ändern; Gilbert solle mit nicht mehr als den tausend Pfund rechnen, die ihm wie unzähligen andern Neffen als Pflichtteil zustünden.

Es bedeutete für Gilbert keinen harten Schlag; nur war er ein wenig bekümmert, weil er fürchtete, er habe auf irgendeine Weise seinen hitzigen Onkel gekränkt. Er schätzte die Güte des alten Mannes zu hoch ein, als daß er ihm seine Absonderlichkeit, wenn sie ihn auch zu einem verhältnismäßig armen Mann machte, übel genommen hätte.

Es hätte den Verlauf seines Lebens wesentlich geändert, wenn er wenigstens einen Menschen von der Veränderung seiner Aussichten verständigt hätte.

3. Gilbert eilt plötzlich fort

Gilbert zog sich eben für den Abend um, als das Gewitter über London gezogen kam. Es hatte noch nichts von seiner unheimlichen Stärke eingebüßt. Eine Stunde lang durchzuckte das blaue Licht der elektrischen Entladungen die Straße, und das Haus bebte unter den unaufhörlichen Donnerschlägen.

Seine Stimmung stand im Einklang zum Aufruhr der Elemente; denn in seinem Herzen tobte ein Sturm, der an den Grundfesten seines Lebens rüttelte. Äußerlich war ihm nichts von seiner Qual anzusehn. Das Gesicht, das er im Rasierspiegel sah, war eine unbewegliche, ausdruckslose Maske.

Er schickte seinen Diener nach einer Autodroschke. Das Unwetter war über London hinweggezogen, und als er auf die vom Regen reingewaschene Straße hinauskam, war nur noch dumpfes Donnergrollen vernehmbar. Einige windgepeitschte Wolkenbündel fegten in schneller Fahrt den Himmel entlang, Nachzügler, die in rasender Eile ihr Hauptheer einzuholen suchten.

An der Tür des Hauses Nr. 274 Portland Square stieg er langsam und zögernd aus dem Wagen. Er hatte sich einer unangenehmen Aufgabe zu entledigen, ebenso unangenehm, ja sicher noch unangenehmer für ihn, als es für seine künftige Schwiegermutter sein mochte.

Er zweifelte nicht daran, daß der Verdacht, der durch Leslie in ihm entstanden war, unbillig und unwürdig sei.

Im Empfangszimmer, in das er geleitet wurde, fand er sich als den einzigen Gast. Er blickte auf seine Uhr.

„Bin ich noch sehr früh daran, Cole?“ fragte er den Diener.

„Ja, ziemlich früh, Sir,“ erwiderte der Mann, „aber ich werde Fräulein Cathcart melden, daß Sie hier sind.“

Gilbert nickte; er schlenkerte zum Fenster und schaute, mit den Händen auf dem Rücken, auf die nasse Straße hinaus. So stand er wohl fünf Minuten und hielt in Gedanken versunken seinen Kopf auf die Brust gesenkt. Das Öffnen der Tür ließ ihn auffahren; er wandte sich, um das Mädchen zu begrüßen, das eingetreten war.

Edith Cathcart war eine der schönsten Frauen Londons, obwohl die Bezeichnung ›Frau‹ zu würdevoll klingen mochte für dieses schlanke Mädchen, das kaum der Schule entwachsen war.

In eigentümlich grauen Augen mit seltsam sanftem Ausdruck schien eine ständige heimliche Angst zu liegen – Furcht und Flehen zu gleicher Zeit. So war Edith Cathcarts Wesen. Diese ihre Augen waren immer auf der Hut, und selbst wenn sie auf jemand ihre Anziehungskraft ausgeübt hatten, hielten sie einen allzu stürmischen Werber in gehöriger Entfernung. Die Nase ging ein ganz klein wenig in die Höhe; ihr ausdrucksvoller Mund stimmte zu ihren scheuen Augen. Ihr fast tiefschwarzes Haar fiel über die Stirne herein. Sie trug ein einfaches Abendkleid aus meergrünem Atlas, kaum einige Juwelen oder sonstigen Schmuck.

Mit raschen Schritten ging er auf sie zu und nahm ihre beiden Hände in die seinen; sehnsüchtig suchten seine Augen ihren Blick.

„Du siehst reizend aus heute abend, Edith," sagte er mit kaum hörbarer Stimme. Sie löste ihre Hände sanft aus den seinen und ließ den Schimmer eines Lächelns sehn, das mit dieser Gebärde in feiner Weise versöhnte.

„Hast du deinen Derbytag genossen?" fragte sie.

„Es war äußerst interessant," sagte er; „es ist merkwürdig, daß ich früher noch nie dabei war."

„Du hättest dir keinen schlimmeren Tag aussuchen können. Bist du in das Gewitter hineingeraten? Hier war es schrecklich."

Sie sprach rasch, mit einem kleinen fragenden Ton am Ende jedes Satzes. Man hatte den Eindruck, sie wünsche mit ihrem Bräutigam auf gutem Fuß zu stehen, habe aber eine gewisse Scheu vor ihm. Sie war wie ein Kind darauf bedacht, ihre Aufgabe gut zu erledigen; und dann und wann merkte man ihr ein Gefühl der Erleichterung an, wie bei jemandem, der wieder ein Hindernis überwunden hat.

Gilbert war sich immer der Spannung bewußt, die sich in ihren Beziehungen ausdrückte. Ein dutzendmal am Tage sagte er sich, es sei unglaublich, daß es eine solche Gezwungenheit geben könne. Aber er fand eine genügende Entschuldigung für ihr Mißtrauen und die heimliche Angst, die wie Schatten über das Meer in ihren Augen kam und ging. Sie war jung, viel jünger als ihre Jahre. Diese schöne Knospe hatte sich noch nicht geöffnet; und die Verlobung hatte unter einem Übermaß von Förmlichkeiten gelitten.

Er hatte ihre Bekanntschaft auf die übliche Weise bei einem Balle gemacht; war, wie es sich gehörte, von ihrer Mutter eingeladen worden, hatte mit ihr getanzt und Ausflüge gemacht, Ruderfahrten auf dem Fluß unternommen und sie und ihre Mutter im Auto nach Ascot gefahren; alles ging in der alltäglichsten normalen Art vor sich. Es fehlte etwas dabei. Gilbert war sich nicht im geringsten darüber im unklaren.

Er suchte die Schuld für alles Fehlende bei sich, obwohl er im Widerspruch zu dieser kühlen konventionellen Verlobung etwas wie ein Romantiker war. Ihre flehenden Augen hatten ihn wie alle andern Männer nicht näher an sich herankommen lassen. Er fühlte den Abstand zwischen ihnen, als er seinen Antrag machte, dessen flüssige Gewandtheit sich durch das Fehlen jeglicher Gemütsbewegung auszeichnete. Und sie hatte mit einem leise gemurmelten „Ja" angenommen, ihm eine kalte Wange zum Kuß geboten und war dann wie ein gefangener Vogel, der seine Freiheit sucht, aus seinen Armen geflattert und aus dem konventionellen Wintergarten mit seinen schrecklichen Palmen und seinen kitschigen Tanagrafiguren geschlüpft.

Gilbert als Liebender hatte etwas von einem Knaben an sich; ein Schwärmer, ein Träumer. Er teilte diese Schwäche mit andern reifen Männern. Denn auch in den tatkräftigsten Männern liegen unerwartete Quellen von Romantik verborgen. So gab er sich mit seinen Träumen zufrieden und spann tief in seinem Herzen Phantasien süßer Hingabe. Er liebte sie völlig und ausschließlich. Sie war für ihn eine göttliche, duftende Blume.

Er hatte sie wieder bei der Hand gefaßt und merkte mit Schmerz, den eine leise Beimischung von Belustigung etwas milderte, daß sie sich wieder frei zu machen suchte, als Frau Cathcart in das Zimmer trat.

Sie war eine große, noch schöne Frau, wenn ihr auch das Alter eine gewisse Steifheit verliehen hatte. Die unbarmherzige Wirkung der Jahre hatten sie veranlaßt, künstliche Hilfsmittel in Anspruch zu nehmen, um ihren Reizen nachzuhelfen. Ihr Mund war schmal, gerade und streng, ihr Kinn zu scharf, um schön zu sein. Sie lächelte, als sie durch das Zimmer rauschte und dem jungen Mann ihre behandschuhte Hand reichte.

„Sie sind früh gekommen, Gilbert," sagte sie.

„Ja," entgegnete er verlegen. Hier bot sich ihm die Gelegenheit, die er suchte, doch irgend etwas ließ ihn zaudern, sie auszunutzen.

Als sich die Tür öffnete, hatte er die Hand des Mädchens losgelassen; sie war unwillkürlich einen Schritt zurückgetreten und beobachtete ihn, die Hände auf dem Rücken, mit gespanntem Ernst.

„Ich wollte Sie sprechen," sagte er.

„Mich sprechen?“ fragte Frau Cathcart schelmisch. „Nein, sicherlich nicht mich!“

Ihr Lächeln galt dem Mädchen wie dem jungen Mann. Aus irgendeinem Grunde, über den er sich im Augenblick nicht klar werden konnte, fühlte sich Gilbert unbehaglich.

„Ja, ich hatte die Absicht, mit Ihnen zu sprechen,“ sagte er. „Das ist doch jetzt in diesen besonderen Tagen nichts Auffallendes.“ Er lächelte wieder.

Sie hob den Finger warnend in die Höhe.

„Sie dürfen sich nicht um irgendeine der Vorbereitungen kümmern. Ich bitte Sie, das vollständig mir zu überlassen. Sie werden finden, daß Sie keine Ursache zur Klage haben.“

„Oh, darum handelt es sich nicht,“ sagte er hastig. „Es ist etwas ... etwas ...“ Er zögerte. Er wollte ihr den Ernst der Angelegenheit, die ihm am Herzen lag, begreiflich machen. Und eben, als er der Frage einer Unterredung näher kam, dämmerte in ihm ein unklares Bewußtsein der Schwierigkeit seiner Lage. Wie konnte er dieser Frau, die ihm immer nur mit größter Liebenswürdigkeit begegnet war, andeuten, daß er ihr Beweggründe zutraute, die weder ihrem Herzen noch ihrem Verstande Ehre machten? Wie konnte er das Thema seiner Armut aufs Tapet bringen, einer Frau gegenüber, die ihm nicht nur einmal, sondern hundertmal anvertraut hatte, seine aussichtsreiche Zukunft und seine glänzenden Vermögensverhältnisse seien das einzig Störende bei dem, was sie unter einer idealen Liebesheirat verstand!

„Ich wünschte fast, Sie wären arm, Gilbert,“ hatte sie gesagt. „Ich bin der Ansicht, Reichtum ist eine schreckliche Gefahr für zwei junge Leute, wie Sie und Edith es sind.“

Sie hatte diese Befürchtung wegen seines Reichtums mehr als einmal geäußert. Und doch hatte er auf ein gelegentliches Wort Leslies hin die Reinheit ihrer Motive angezweifelt! Er entsann sich mit wachsender Gereiztheit, daß es Frau Cathcart gewesen war, die die Verbindung zustande gebracht hatte; ein gemein denkender Mensch hätte sogar noch weitergehn und auf die Vermutung kommen können, sie habe ihm Edith an den Hals geworfen. Es gab Begründungen genug für Leslies Verdacht, überlegte er, als er auf die große elegante Frau vor sich blickte. Er aber war nur beschämt, daß er auf die mißtrauische Andeutung geachtet hatte.

„Hätten Sie eine Viertelstunde für mich übrig ...“ Er hielt ein; er wollte sagen ›vor dem Essen‹, dachte aber dann, daß eine Besprechung nach dem Essen wohl ungestörter verlaufen würde.

„... nach dem Essen?“

„Mit Vergnügen,“ lächelte sie. „Was werden Sie wohl vorzubringen haben? Einige Unregelmäßigkeiten aus Ihrer Jugend beichten?“

Er verzog leicht den Mund und schüttelte den Kopf.

„Sie können sicher sein, daß ich Ihnen so etwas nie erzählen werde,“ sagte er.

„Dann werde ich also nach dem Essen mit Ihnen sprechen,“ stimmte sie bei. „Es kommen eine Masse Leute heute abend, und ich weiß kaum, wie ich mit der Arbeit fertig werden soll. Ihr Bräutigame,“ sie tätschelte ihn mit ihrem Fächer vorwurfsvoll auf die Schulter, „habt keine Ahnung, welche Verwirrung ihr in das häusliche Leben eurer unglücklichen künftigen Verwandtschaft bringt.“

Edith stand abseits immer noch in der gleichen Haltung, die sie eingenommen, als Gilbert ihre Hand losgelassen hatte; neugierig beobachtete sie die Vorgänge, ohne daran teilzunehmen. Diese Wirkung übte Frau Cathcarts Gegenwart jedesmal auf ihre Tochter aus, wie Gilbert schon oft verwundert bemerkt hatte. Nicht, als würde sie von ihr in den Schatten gestellt oder beiseite geschoben; es schien vielmehr, als habe der Eintritt der nächsten Schauspielerin sofort den Abgang der Darstellerin im Gefolge, die vorher auf der Bühne die Hauptrolle gespielt hatte. Er konnte sich vorstellen, daß Edith zwischen den Kulissen auf das Stichwort wartete, das sie wieder zur handelnden Person machen würde, und dieses Stichwort war regelmäßig das Fortgehen ihrer Mutter.

„Es kommt eine ganze Reihe netter Leute heute abend, Gilbert," sagte Frau Cathcart mit einem Blick auf einen Papierstreifen in ihrer Hand. „Einige davon sind Ihnen unbekannt und von einigen wünsche ich sehr, daß Sie sie kennen lernen. Ich bin überzeugt, Sie werden Gefallen finden an dem lieben Doktor Cassylis – ..."

Ein unterdrückter Ausruf drang an ihr Ohr, und sie blickte scharf auf.

Aber Gilbert hatte sein Gesicht schon wieder in der Gewalt: es war vollständig ausdruckslos. Das Mädchen beobachtete mit Verwunderung diese Maske.

„Was ist Ihnen?" fragte Frau Cathcart.

„Nichts," sagte Gilbert gelassen, „Sie haben eben über Ihre Gäste gesprochen."

„Ich wollte sagen, daß Sie Doktor Barclay-Seymour kennen lernen müssen – er ist ein ganz reizender Mann. Ich glaube, Sie kennen ihn doch noch nicht?"

Gilbert schüttelte den Kopf.

„Nun, das müssen wir nachholen" sagte sie. „Er ist ein lieber Freund von mir; warum er eigentlich seine Praxis in Leeds ausübt, statt eine Klinik in der Harleystraße zu leiten, davon habe ich nicht die leiseste Ahnung. Das Tun und Lassen der Männer ist unbegreiflich. Dann ist noch da ..." Sie las eine Reihe von Namen herunter, von denen Gilbert einige kannte.

„Wieviel Uhr ist es?" fragte sie plötzlich.

Gilbert blickte auf seine Uhr.

„Drei Viertel acht? Ich muß gehn," sagte sie. „Ich werde gleich nach dem Essen mit Ihnen sprechen."

Als sie an der Tür angelangt war, wandte sie sich unschlüssig nochmals um.

„Darf ich vielleicht annehmen, Sie wollen Ihren absonderlichen Plan ändern?" fragte sie erwartungsvoll.

Gilbert hatte einen Gleichmut wiedergefunden.

„Ich weiß nicht, welchen absonderlichen Plan Sie meinen," sagte er.

„Ihre Flitterwochen in der Stadt zu verbringen," entgegnete sie.

„Ich glaube, man sollte das Gilbert überlassen." Dies sagte das Mädchen; zum erstenmal mischte sie sich in das Gespräch. Ihre Mutter warf ihr einen scharfen Blick zu.

„In diesem Falle, meine Liebe," sagte sie eisig, „handelt es sich um eine Sache, die mich mehr angeht als dich selbst."

Gilbert beeilte sich, das Mädchen vor dem Ausbruch eines Sturmes zu schützen. Frau Cathcart geriet leicht in Zorn; obgleich Gilbert noch niemals ihre scharfe Zunge zu fühlen bekommen, hatte er den bösen Verdacht, seine künftige Frau sei ihr schon mehr als einmal zum Opfer gefallen.

„Es ist unbedingt nötig, daß ich zu der Zeit, die Sie meinen, in der Stadt bin," sagte er. „Ich habe Sie gebeten –"

„Die Hochzeit zu verschieben. Mein lieber Junge, das kann ich unmöglich. Es war doch keine ernstgemeinte Bitte, nicht wahr?"

Sie lächelte ihm so süß zu, als es ihr innerer Ärger erlaubte.

„Ich glaube nicht," sagte er unsicher.

Weiter sagte er nichts mehr, sondern wartete, bis die Tür sich hinter ihr geschlossen hatte; dann wandte er sich rasch zu dem Mädchen.

„Edith," stieß er hervor, „ich bitte dich um einen Dienst."

„Du bittest mich um einen Dienst?" fragte sie überrascht.

„Ja, Liebste. Ich muß jetzt fortgehn. Ich bitte dich, irgendeine Entschuldigung deiner Mutter gegenüber zu finden. Es ist mir eine äußerst wichtige Sache eingefallen, an die ich nicht gedacht habe, bevor – ..."

Er sprach zögernd, denn lügen war ihm nicht geläufig.

„Weggehn!“ Es klang mehr nach Überraschung als nach Enttäuschung, stellte er in begreiflicher Gereiztheit fest.

„Du kannst jetzt nicht fort,“ sagte sie und jener furchtsame Blick kam in ihre Augen. „Mutter würde sehr böse sein. Die Leute kommen schon an.“

Von seinem Platze aus konnte er drei Zweisitzer-Autos sehn, die fast gleichzeitig vor dem Haus vorgefahren kamen.

„Ich muß gehn,“ sagte er verzweifelt. Kannst du mich nicht irgendwo hinauslassen? Ich möchte diesen Leuten nicht begegnen; ich habe meine guten Gründe dazu.“

Sie zauderte einen Augenblick.

„Wo hast du deinen Hut und Mantel?“ fragte sie.

„In der Diele – du wirst gerade noch Zeit finden,“ sagte er.

Schon war sie in der Diele und gleich wieder mit seinem Mantel zurück; sie führte ihn zu dem andern Ende des Empfangszimmers, durch eine Tür, die in die kleine Bibliothek führte. Von da gab es einen Ausgang zu der Garage und zu den Gassen auf der Rückseite des Hauses.

Verwirrt schaute sie der großen, davonschreitenden Gestalt nach; dann, als er ihrem Blick entschwunden war, schloß sie die Tür der Bibliothek und kam gerade in das Empfangszimmer zurück, um ihre Mutter zu treffen.

„Wo ist Gilbert?“ fragte Frau Cathcart.

„Fort,“ sagte das Mädchen.

„Fort?“

Edith nickte langsam.

„Es ist ihm etwas sehr Wichtiges eingefallen, so daß er nach Hause mußte.“

„Aber selbstverständlich kehrt er zurück?“

„Ich glaube nicht, Mutter,“ sagte sie ruhig. „Ich vermute, daß die Sache etwas sehr Dringliches ist.“

„Aber das ist ja Unsinn!“ Frau Cathcart stampfte mit dem Fuß auf. „Die Leute, die ich eigens eingeladen habe, damit sie ihn kennen lernen, sind schon alle hier. Es ist schändlich!“

„Aber Mutter –“

„Um des Himmelswillen, laß dies ›aber Mutter‹!“ rief Frau Cathcart.

Sie waren allein, da sich die Gäste in dem größeren Empfangssalon versammelten, so daß für die ältere Frau keine Veranlassung bestand, ihren Gefühlen Zwang anzutun.

„Du hast ihn fortgeschickt, vermute ich,“ sagte sie. „Ich kann ihm keinen Vorwurf machen. Wie kannst du erwarten, einen Mann zu fesseln, wenn du ihn behandelst, als sei er ein Gemüsehändler, der um Aufträge bittet?“

Das Mädchen hörte ergeben zu, ohne die Augen vom Teppich zu erheben.

„Ich tue mein Bestes,“ sagte sie mit leiser Stimme.

„Dein Schlechtestes muß ja recht übel sein, wenn das dein Bestes ist. Nachdem ich alle Anstrengungen gemacht habe, um dir einen der reichsten jungen Leute von London zuzuführen, könntest du wenigstens so tun, als ob seine Anwesenheit dir willkommen sei; aber wenn er der Teufel in eigener Person wäre, könntest du keine größere Abneigung an den Tag legen, wenn du mit ihm beisammen bist, oder eine tiefere Befriedigung, wenn er fortgeht.“

„Mutter!“ sagte das Mädchen, dessen Augen sich mit Tränen füllten.

„Hör bitte auf mit deinem ewigen ›Mutter‹!“ sagte Frau Cathcart nachdrücklich. „Ich ärgere mich noch zu Tode über deine Launenhaftigkeit und deine Vorurteile. Was willst du eigentlich, um alles auf der Welt? Was soll ich dir noch verschaffen?“

Sie streckte in gereizter Verzweiflung die Arme aus.

„Ich will überhaupt nicht heiraten,“ sagte das Mädchen leise. „Mein Vater hätte mich nie zu einer Heirat gezwungen.“

Es war gewagt, so etwas zu sagen; es verriet eine größere Kühnheit, als sie je bei den Szenen mit ihrer Mutter gezeigt hatte. Aber seit einiger Zeit wuchs der Mut in ihrem Herzen. Die Verzweiflung, die sie zuerst betäubt hatte, glühte nun zur Wut auf; das Feuer der Empörung schwelte in ihrer Seele; und obwohl die Kundgebungen ihrer wachsenden Verbitterung nur selten und in großen Zwischenräumen erfolgten, nahm ihr Mut mit jedem neuen Wagnis zu.

„Dein Vater!" schnaubte Frau Cathcart, weiß vor Wut, „willst du mir deinen Vater vorhalten? Dein Vater war ein Narr! Ein Narr!"

Sie brachte das Wort fast zischend hervor. „Er hat mich ruiniert, ebenso wie dich, weil er nicht Verstand genug hatte, um sein ererbtes Vermögen zusammenzuhalten. Ich glaubte, er sei ein umsichtiger Mann. Zwanzig Jahre lang habe ich zu ihm aufgeschaut, wie zu einer Verkörperung von Weisheit, Güte und Geist, und in diesen zwanzig Jahren hat er es fertig gebracht, sein Vermögen mit allen möglichen albernen Spekulationen zu verplempern, zu denen er sich durch windige Glücksritter verleiten ließ. Er hätte dich nicht gezwungen! Nein, wahrhaftig nicht!" Sie lachte bitter. „Er hätte dich den Chauffeur heiraten lassen, wenn dein Herz es gewünscht hätte. Alles an ihm war liebenswürdige Schwäche, unfähige Gutmütigkeit. Ich hasse deinen Vater!"

Das kalte Funkeln ihrer weitgeöffneten blauen Augen legte allerdings ein so beredtes Zeugnis von ihrem Haß ab, daß das Mädchen schauderte. „Ich hasse ihn jedesmal von neuem, wenn ich mit einem zweifelhaften Makler verhandeln muß, um aus seinen Börsenerfahrungen einen Vorteil herauszuschlagen; ich hasse ihn wegen jeder Sparsamkeit, die ich mir auferlegen muß; ich hasse ihn immer wieder, wenn meine knappen Dividenden eintreffen und ich ansehn muß, wie sie durch die Folgen seiner Torheit verschlungen werden. Sieh dich vor, daß ich dich nicht auch noch hasse," sagte sie und deutete warnend auf das Mädchen.

Edith duckte sich vor diesem Schwall von Worten, aber die Schmähungen ihres toten Vaters erweckten ein Gefühl in ihr, das ihr alle

Furcht vor den Folgen benahm, selbst auf die Gefahr hin, daß ein weiterer solcher Zornesausbruch, den sie so fürchtete, erfolgen könnte.

Nun stand sie voll aufgerichtet und blickte der Frau, die sie Mutter nannte, in die Augen; ihr Antlitz war bleich, doch ihr Kinn reckte sich trotzig in die Höhe.

„Über mich kannst du sagen, was du willst, Mutter," sagte sie ruhig. „Aber meinen Vater lasse ich nicht beschimpfen. Ich habe alles getan, was du verlangt hast: ich bin bereit, einen Mann zu heiraten, den ich zwar als liebenswürdigen und sympathischen Menschen schätze, der mir aber nicht mehr bedeutet als der erstbeste, der mir heute auf der Straße begegnet. Ich bringe dir zuliebe dieses Opfer. Verlange aber nicht von mir, daß ich den Glauben an den Mann aufgebe, der die einzig liebenswerte Erinnerung meines Lebens ist."

Ihre Stimme bebte ein wenig und in ihren Augen glänzten Tränen.

Frau Cathcart hätte eine ganze Menge darauf zu erwidern gewußt, wurde aber durch den Eintritt eines Dieners daran verhindert.

Einige Augenblicke standen sich Mutter und Tochter schweigend gegenüber. Dann drehte sich Frau Cathcart ohne ein weiteres Wort auf dem Absatz um und schritt hinaus.

Das Mädchen wartete noch einen Moment, dann ging es in die Bibliothek zurück, durch die Gilbert hinausgeeilt war. Sie verschloß die Tür hinter sich und knipste ein Licht an, denn es dunkelte schon. Sie zitterte an allen Gliedern und ließ ihren zurückgedrängten Gefühlen freien Lauf. Sie hätte am liebsten vor zorniger Empörung geweint. Zum erstenmal in ihrem Leben hatte sie einen Einblick in das Herz ihrer Mutter gewonnen. Eine jahrelang angesammelte Bitterkeit hatte sich, ungehemmt von Mitleid oder Berechnung, entladen. Sie hatte einen Haß enthüllt, der all die Zeit an ihrer Seele genagt, und in einem Auflodern dem ahnungslosen Mädchen die Beziehungen zwischen ihrem Vater und ihrer Mutter in grellster Beleuchtung gezeigt.

Zwar wußte Edith, daß kein besonders zärtliches Verhältnis zwischen ihnen bestanden hatte, aber nach den bisherigen Erfahrungen in ihren Gesellschaftskreisen war ihr die kühle Einstellung von Mann und Frau nichts Befremdliches mehr. Sie kannte eine ganze Reihe solcher Ehen, bei denen zwischen den Eheleuten kaum mehr als freundschaftliche Beziehungen vorhanden waren, und sie hatte solche Verhältnisse als normal hingenommen. Es empörte sie zwar heftig, daß es solche Beziehungen gab; trotzdem sie fast noch ein Kind war, hatte sie herausgefühlt, daß daran irgend etwas nicht in Ordnung war. Aber andrerseits hatten sie diese Erfahrungen auch mit ihrer Verheiratung mit Gilbert ausgesöhnt. Ihr Leben mit ihm würde nicht schlechter, wahrscheinlich etwas angenehmer sein als das Zusammenleben dieser Leute, mit denen sie täglich in Berührung kam.

Aber die Heftigkeit ihrer Mutter gab ihr plötzlich die Erkenntnis, was zu einer wahren Ehe gefehlt hatte. Sie wußte nun, warum ihr vornehmer Vater sich plötzlich aus einem frohgesinnten, liebenswürdigen Mann, der so herzlich lachen konnte und so vertrauensselig war, in einen schweigsamen, trübsinnigen Menschen verwandelte, der nur ein Schatten seiner selbst war, und dessen gebrochene Gestalt sie so lebendig in ihrer Erinnerung bewahrte.

Jetzt hatte ihr Lebensweg plötzlich eine andere Richtung bekommen; ein unerwarteter Ausblick tat sich auf einmal vor ihr auf. Es machte sie ruhiger und sicherer. In diesen wenigen Minuten nachdenklicher Sammlung, als sie in der nüchternen, halbdunklen Bibliothek stand und durch die vergitterten Scheiben auf die häßlichen Gassen hinter dem backsteingepflasterten Hof blickte, empfand sie eine jener großen inneren Umwälzungen, die sich manchmal im Menschen vollziehen.

Im Zeitraum einer Sekunde hatte sie eine neue Betrachtung der Dinge, einen neuen Maßstab gegenüber ihren Mitmenschen gewonnen; eine neue Weltanschauung hatte sich in ihr entwickelt. Das kleine Gemach wurde Zeuge einer mächtigen Empörung gegen überlieferte Anschauungen.

Sie war selbst überrascht über die Gelassenheit, mit der sie in das Empfangszimmer zurückkehrte, um sich unter die Gesellschaft zu mischen, die sich eben versammelte. Es erschreckte sie selbst zu entdecken, daß sie ihre Mutter ruhig und gleichgültig musterte, als gehöre sie gar nicht zu ihr. Frau Cathcart fiel die Selbstbeherrschung des Mädchens auf, und sie fühlte eine leise Unbehaglichkeit.

In der Hoffnung, sie in Verlegenheit zu bringen, wandte sie sich unerwartet an sie und war ein wenig verblüfft über die Gefaßtheit, mit der das Mädchen ihrem Blick begegnete, und über die kühle Art, mit der sie ihre Einwendungen gegen einen Vorschlag der älteren Frau machte.

Das war eine neue Erfahrung für die herrschsüchtige Frau Cathcart. Das Mädchen konnte wohl mitunter schlechter Laune sein, aber dies war eine neue Art von Trotz, wie ihn Frau Cathcart noch nicht erlebt hatte.

Vielleicht war sie zornig, aber man sah ihr nichts davon an; vielleicht gekränkt – dann hätte sie Tränen vergossen. Doch Frau Cathcarts erfahrenes Auge konnte keine Spur von Tränen entdecken. Sie war verdutzt und etwas beunruhigt. Sie war zu weit gegangen, dachte sie, und mußte einlenken; das war besser, als die Entzweiung weiter gedeihen zu lassen; dann würde die andre schon um Verzeihung bitten.

Es ärgerte sie, sich in dieser Lage zu finden, aber sie war in allererster Linie ein guter Taktiker, und es wäre eine schlechte Taktik ihrerseits gewesen, sich auf eine nachteilige Stellung zu versteifen. Lieber wollte sie den ›Vorkriegszustand‹ wiederherstellen und war daher sehr unangenehm berührt, als sie merkte, daß ihr auch diese Möglichkeit für immer genommen war.

Wenn sie gehofft hatte, die Abendgesellschaft würde das Mädchen in Verwirrung bringen, so daß es sich unter ihre Fittiche begeben würde, so wurde sie rasch eines Besseren belehrt; zu ihrem Erstaunen unterhielt sich Edith über ihre Heirat, wie sie es nie zuvor getan hatte, ohne jede Verlegenheit, ohne zu stocken, kühl, vernünftig und gewandt.

Gegen Ende des Abends beherrschte Edith das Feld, während sich ihre Mutter in eine untergeordnete Stellung gedrängt fand.

Frau Cathcart wartete, bis der letzte Gast fort war, dann kam sie in das kleinere Empfangszimmer, um Edith aufzusuchen, die am Kamin stand und nachdenklich auf ein Blatt blickte, das auf dem Sims lag.

„Was interessiert dich so sehr, meine Liebe?“

Das Mädchen schaute sich um, nahm das Blatt an sich und faltete es langsam.

„Nichts Besonderes,“ sagte sie. „Dein Doktor Cassylis ist ein amüsanter Mann.“

„Er ist ein sehr tüchtiger Mann,“ erwiderte ihre Mutter streng.

Sie hatte unbegrenztes Vertrauen zu Ärzten und zollte ihnen einen Tribut von Achtung, den man sonst nur für überirdische Wesen übrig hat.

„Ist er das?“ sagte das Mädchen kühl. „Ich will es gern glauben. Warum lebt er in Leeds?“

„Wahrhaftig, Edith, du kommst aus deinem Schneckenhaus heraus,“ sagte ihre Mutter mit einem gezwungenen Lächeln der Anerkennung. „Ich habe früher nie gemerkt, daß du so lebhaftes Interesse an Leuten aus der Gesellschaft nimmst.“

„Ich werde mich von nun ab viel mehr um die Leute kümmern,“ entgegnete das Mädchen gelassen. „Ich habe mein ganzes Leben lang soviel entbehrt.“

„Ich finde, du bist ein wenig rücksichtslos,“ sagte ihre Mutter, mit Mühe ihren Zorn unterdrückend; „du bist wirklich sehr unliebenswürdig. Ich vermute, all dieser Unsinn rührt von der falschen Auffassung meiner Eröffnungen her.“

Das Mädchen gab keine Antwort. „Ich denke, ich werde zu Bett gehn, Mutter,“ sagte sie dann.

„Da du schon einmal dabei bist, dir eine Meinung über die Leute zu bilden,“ sagte Frau Cathcart mit verdächtiger Ruhe, „wirst du mir vielleicht auch eine Erklärung über das Benehmen deines Verlobten geben können. Doktor Cassylis hätte ihn besonders gerne kennen gelernt."

„Ich kann dir über gar nichts eine Erklärung geben," entgegnete das Mädchen.

„Schlag nicht diesen Ton gegen mich an," erwiderte ihre Mutter scharf.

Das Mädchen, das schon halbwegs an der Tür war, blieb stehn; es wandte sich kaum um, sondern sprach über die Schulter zu ihrer Mutter.

„Mutter," sagte sie mit ruhiger Bestimmtheit, „ich möchte dir etwas klarmachen: wenn es noch einmal zu einem solchen Zwischenfall kommt und ich noch einmal unter deiner Härte zu leiden habe, werde ich an Gilbert schreiben und die Verlobung lösen."

„Bist du verrückt?" stieß die Frau hervor.

„Nein, aber ich bin müde," sagte sie, „vieler Dinge müde."

Darauf hätte Frau Cathcart vieles zu erwidern gewußt, aber eine etwas verspätete Klugheit hieß sie ihre Zunge im Zaume halten, bis sich die Türe hinter ihrer Tochter geschlossen hatte. Dann ließ sie, obgleich es schon spät an der Zeit war, die Köchin kommen, um sich mit ihr eine halbe Stunde lang grimmig über das schrecklich mißratene Vol-au-vent auseinanderzusetzen.

4. Die Melodie in F-Dur

Gilbert Standerton kleidete sich langsam vor seinem Spiegel an, als sich Leslie anmelden ließ. Dieser junge Mann bot einen prächtig schönen Anblick dar, wie es sich für den Trauzeugen bei der Vermählung eines alten Freundes geziemte.

Leslie Frankfort war eines jener vom Glück begünstigten Menschenkinder, denen ihr Einkommen erlaubt, den Genuß ihres Lebens nicht durch ihre Berufstätigkeit beeinträchtigen zu lassen. Er war der jüngere Teilhaber einer bedeutenden Börsenmaklerfirma der City, einer Firma, die sich nur mit hochfeinen Finanzgeschäften befaßte. Er fand ebenso wie Gilbert Freude an klassischer Musik; dieses Band hatte die beiden Männer zuerst einander näher gebracht.

Er trat ins Zimmer hinein, legte seinen Zylinder behutsam auf einen Stuhl, setzte sich auf den Bettrand und beglückte den Bräutigam mit kritischen Bemerkungen.

„Übrigens," sagte er plötzlich, „habe ich gestern Ihren alten Freund wiedergesehen."

Gilbert blickte sich um.

„Sie meinen Springs, den Musiker?"

Der andre nickte.

„Er spiele für eine lustige Gesellschaft nach dem Theater – ein feiner alter Kerl."

„Ja, das ist er," sagte Gilbert zerstreut.

Er unterbrach seine Toilette, nahm einen Briefumschlag vom Tisch und überreichte ihn dem andern.

„Soll ich es lesen?" fragte Leslie.

Gilbert nickte.

„Eigentlich ist nichts darin zu lesen," sagte er; „es ist das Hochzeitsgeschenk meines Onkels."

Der junge Mann öffnete den Umschlag und zog einen roten Schein heraus. Er schaute auf die Zahl und pfiff leise.

„Einhundert Pfund," sagte er. „Großer Gott! Davon können Sie ja nicht einmal für ein Vierteljahr die Unterhaltungskosten Ihres Autos bestreiten. Ich nehme an, Sie haben Frau Cathcart unterrichtet?"

Gilbert schüttelte den Kopf.

„Nein," sagte er kurz. „Ich hatte die Absicht, es ihr zu sagen, habe es aber dann doch nicht getan. Ich bin fest überzeugt, Leslie, daß wir ihr unrecht tun. Sie hat ihre Anschauungen über Geld so nachdrücklich geäußert. Und schließlich bin ich ja kein armer Teufel," sagte er lächelnd.

„Sie sind schlimmer daran als ein Armer," sagte Leslie ernsthaft; „ein Mann mit sechshundert Pfund im Jahr ist der bedauernswerteste Arme, den ich kenne."

„Wieso?"

„Sie werden Ihre Bedürfnisse nie unter zweitausend herunterschrauben können und werden Ihr Einkommen nie über sechshundert bringen – dazu Ihre Stellung am Auswärtigen Amt, das sind nur weitere sechshundert."

„Arbeit," sagte der andre.

„Arbeit!" entgegnete Leslie spöttisch, „Sie können sich nicht durch Arbeit Geld erwerben. Man kommt zu Geld durch Spekulationen und dadurch, daß man seine Mitmenschen ausnutzt. Sie sind zu gutherzig, um Geld zu machen, mein Sohn."

„Es scheint, daß Sie es verstehen," sagte Gilbert mit einem leichten Lächeln.

Leslie schüttelte energisch den Kopf.

„Ich habe nie in meinem Leben einen Pfennig verdient," gestand er mit einer gewissen Befriedigung. „Nein, ich erfreue mich einiger sehr tatkräftiger, nüchterner Seniorteilhaber, die das ganze Geld produzieren. Ich heimse nur zu bestimmten Terminen meine Dividenden ein. Aber ich hatte eben Glück. Übrigens, wie haben Sie Ihr Geld angelegt?"

Gilbert war im Begriff, seine Kravatte zu binden. Er blickte mit einem leichten Stirnrunzeln auf.

„Was meinen Sie damit?" fragte er.

„Ich meine, besteht es in sicheren Papieren – wird es auch nach Ihrem Tod noch vorhanden sein?"

Die leichte Falte zwischen Gilberts Brauen vertiefte sich.

„Nein," sagte er kurz. „Nach meinem Tode wird kaum so viel da sein, daß es hundertfünfzig im Jahr einbringt. Ich beziehe nur eine Lebensrente aus diesem bestimmten Kapital."

Leslie ließ ein Pfeifen hören.

„Nun, ich hoffe, alter Knabe, daß Sie gut versichert sind."

Gilbert machte keinen Versuch, Leslie zu unterbrechen, als dieser mit großer Beredsamkeit und Geschicklichkeit sich über die Pflichten und Verantwortung eines Familienhauptes verbreitete und seine Ansichten über Versicherte und Unversicherte von sich gab.

„Manche Leute sind so unvorsichtig," sagte er. „Ich kannte einen Mann"

Er hielt plötzlich mit Sprechen ein, da er Gilberts Gesicht im Spiegel erblickte. Es sah abgehärmt und verzerrt aus, wie das Gesicht eines Mannes in tödlichem Schmerz. Leslie sprang auf.

„Um des Himmelswillen, was ist los mit Ihnen, mein lieber Freund?" rief er, eilte an seine Seite und legte ihm die Hand auf die Schulter.

„O, es ist nichts – nichts, Leslie," sagte Gilbert.

Er fuhr mit der Hand über seine Augen, als wolle er ein häßliches Bild verjagen.

„Ich fürchte, ich bin ein ziemlich leichtsinniger Kerl gewesen. Sie begreifen, ich habe mich zu sehr auf das Geld meines Onkels verlassen. Ich sollte mich doch versichern lassen."

„Das kann Sie doch nicht so aufregen?" fragte der andre verwundert.

„Es regt mich schon ein bißchen auf," sagte Gilbert schwermütig. „Man kann nie wissen, nicht wahr – –"

Nachdenklich stand er mit den Händen in den Taschen da und schaute den andern an.

„Ich gäbe viel darum, diese Hochzeit wäre aufgeschoben worden!"

Leslie lachte.

„Es ist höchste Zeit, daß Sie heiraten," sagte er. „Was für ein nervöser Kauz sind Sie!"

Er schaute auf seine Uhr.

„Sie würden besser daran tun, sich zu beeilen, sonst werden Sie noch um Ihre Braut kommen. Überhaupt, das ist nicht der richtige Tag für schwarze Gedanken, es ist der Tag aller Tage, lieber Freund."

Er sah den weichen Ausdruck, der in Gilberts Augen trat, und war befriedigt über die Wirkung seiner Worte.

„Ja, Sie haben recht," sagte Gilbert Standerton sanft. „Ich vergaß mein ganzes Glück. Gott segne sie!" sagte er leise.

Als sie das Haus verließen, fragte Gilbert:

„Ich vermute, Sie haben eine Liste der Hochzeitsgäste?"

„Ja," sagte Leslie, „Frau Cathcart hat an alles gedacht.

„Wird Doktor Barclay-Seymour dabei sein?" fragte Gilbert obenhin.

„Barclay-Seymour – nein, er ist nicht dabei," erwiderte Leslie, „das ist der Mann aus Leeds, nicht wahr? Er ist gestern, abend von London abgefahren. Was ist das eigentlich für ein Gerede, daß Sie an jenem Abend weggelaufen seien?"

„Es war eine dringliche Verabredung," sagte Gilbert hastig, „ich mußte einen Mann aufsuchen; ich durfte ihn unmöglich verfehlen –"

Leslie merkte, daß er eine verfängliche Frage gestellt habe, und wechselte das Thema.

„Übrigens," sagte er, „würde ich die Geldfrage vor Frau Cathcart nicht erwähnen, bis ihr beide euer Heim bezogen habt."

„Ich werde es auch nicht," sagte Gilbert grimmig.

Auf dem Weg zur Kirche rief er sich noch einmal all die Sorgen, die ihn bedrückten, vor Augen und schaute ihnen mutig ins Gesicht. Vielleicht würde es nicht so schlimm werden, als er dachte. Er neigte immer dazu, seinen Kümmernissen eine übertriebene Bedeutung beizumessen und sich damit zu quälen. Wie oft schon hatte er Gefahren vorausgesehn und immer wieder waren seine Befürchtungen grundlos gewesen. Er hatte zu lange allein gelebt. Ein Mann sollte vor seinem zweiunddreißigsten Jahre verheiratet sein. So alt war er. Er war schrullenhaft geworden. Mit nicht gerade schmeichelhafter Selbstbetrachtung half er sich über die Zeit hinweg, bis sie die Kirche erreichten.

Diese Feier war wie ein Traum: die dicht besetzten Kirchenstühle, die Orgel, der weißgekleidete Sängerchor, der Pfarrer mit seinen Gehilfen; Ediths Erscheinen; sie sah so ätherisch schön in ihrem Brautkleid aus; die zeremoniellen Fragen und Antworten, das Knien und Sich-wieder-erheben; alles war unwirklich.

Er hatte geglaubt, es würde einen unauslöschlichen Eindruck auf ihn machen; er hatte einige Mühe darauf verwendet, ein ihm zusagendes Musikstück auszuwählen, und mehrere Besprechungen mit dem Organisten deswegen gehabt. Aber am Ende des Gottesdienstes, als er traumbefangen zur Sakristei wandelte, konnte er sich keines Taktes mehr entsinnen. Er hatte eine dunkle Erinnerung, daß sich über dem Altar ein buntes Glasfenster befand, dessen eine Scheibe offenbar zerbrochen und herausgenommen war.

Nachdem sie ins Haus zurückgekehrt waren und an der blumengeschmückten Tafel Platz genommen hatten, hörte er verwirrt die Reden und das laute Lachen an, das jedesmal erscholl, wenn ein Redner bei seiner Pointe angelangt war: nun erhob er sich; er sprach mühelos und gewandt, aber er hätte nicht sagen können, welche Worte er gebrauchte, oder warum die Leute Beifall klatschten, oder warum sie lächelten.

Einmal hatte er im Lauf seiner Rede auf das zarte Gesicht an seiner Seite hinabgeblickt und war dem feierlichen Blick ihrer Augen begegnet, die heute, wie es ihm schien, weniger ängstlich dreinschauten, als er sie je gesehn hatte. Er hatte nach ihrer Hand getastet und sie, die sich kalt und teilnahmlos anfühlte, in der seinen gehalten ...

„Eine ausgezeichnete Rede,“ sagte Leslie.

Nach dem Frühstück hielt man sich im Empfangszimmer auf.

„Du bist ein glänzender Redner.“

„Wirklich?“ sagte Gilbert.

Er kam allmählich wieder zur Besinnung. Das Empfangszimmer war etwas Wirkliches, diese Leute waren wirklich, die Scherze, das Gerede und die Witze, die von Mund zu Mund flogen – alle diese Dinge zeugten von einem Leben, das er kannte.

„Puh!" Er trocknete sich die Stirn und tat einen tiefen Seufzer. Er fühlte sich wie ein Mann, der nach einer Narkose, die nicht ganz wirksam gewesen war, wieder sein Bewußtsein erlangt hat. Ein schmerzloses und schönes Erlebnis, aber aus einer andern Welt, und, sagte er sich, das war nicht er gewesen, der vor der Altarbrüstung gekniet hatte.

Offiziell sollten sie die Flitterwochen in Harrogate verbringen, in Wirklichkeit blieben sie in London. Man wahrte den Anschein, als benutze man die Eisenbahn und fuhr bis Kings Croß.

Während dieser Fahrt wurde kein Wort gesprochen. Gilbert fühlte eine Hemmung, die er nicht bekämpfen oder beseitigen wollte. Das Mädchen war begreiflicherweise schweigsam. Am richtigen Ort und zur richtigen Zeit würde sie genug zu sagen haben. Er sah, wie die alte Ängstlichkeit in ihre Augen zurückkam, und war gekränkt durch ihr unbewußtes und unwillkürliches Zurückschrecken, als er ihre Hand berührte.

In Kings Croß verließen sie den Zug, nahmen eine Autodroschke und fuhren zu dem Hause in St. Johns Wood. Es war niemand dort, da die Dienerschaft auf Urlaub war; es war ein tadellos eingerichteter kleiner Haushalt. Es gab elektrische Kocher und jede arbeitsparende Bequemlichkeit, die ein Mensch sich ausdenken und ein junger Mann mit guten Aussichten und keinem besonders ausgeprägten Sinn für den Wert des Geldes sich anschaffen konnte.

Das sollte eine ihrer Flitterwochenfreuden sein, so hatte es sich Gilbert ausgedacht. Sie hatte bereitwillig auf ihre Jungfer verzichtet; er wollte gern das Mädchen für alles machen, kochen und bedienen, während die grobe Arbeit zwei Aushilfsdienern überlassen blieb, die er für morgens bestellt hatte.

Doch kein frohes Gefühl kam in ihm auf, als er sie von Zimmer zu Zimmer führte und ihr die Schätze seines Hauses zeigte. Eine Ahnung kommenden Leides band ihm die Zunge, dämpfte seine Stimmung und machte ihn unfrei.

Edith war unbefangen. Sie bewunderte und kritisierte freundlich und belustigte sich harmlos über seine häuslichen Eigenschaften. Aber die Spannung wich die ganze Zeit über nicht; ein Schatten lag zwischen ihnen.

Sie ging auf ihr Zimmer, um sich umzukleiden. Man hatte sich vorgenommen, zum Essen auszugehn und hielt dies Programm ein. Leslie Frankfort sah sie im Speisesaal von Princes und tat so, als ob er sie nicht kenne. Es war zehn Uhr, als sie in ihr kleines Haus zurückkehrten.

Gilbert ging in sein Arbeitszimmer; seine Frau hatte sich in ihr Zimmer begeben und versprochen, zum Kaffee wieder herunterzukommen. Er machte sich mit der ganzen Gewiegtheit eines Rahbad-Schülers ans Werk, zwei Täßchen Mokka zu brauen. Diese servierte er auf dem Tisch neben dem Sofa, auf dem sie sitzen sollte – – – Da kam sie herein.

Er war rasch aus dem Traum am Morgen erwacht und nun wieder bei klaren Sinnen. Die Betäubung, in die er während der Feierlichkeit versunken gewesen, war von ihm gewichen. Er stand auf und ging ihr ein paar Schritte entgegen. Am liebsten hätte er sie in seine Arme geschlossen, aber diesmal hielt sie ihn tatsächlich auf Armeslänge von sich. Sie streckte den Arm steif aus und berührte mit der Hand seine Brust. Er empfand diese Bewegung als schroffe Ablehnung, und es schien ihm, als erstarre sein Herz und als kristallisierten sich alle die unklaren Ängste der vergangenen Tage zu einer bestimmten schrecklichen Wahrheit. Bevor sie noch sprach, wußte er alles, was sie ihm zu sagen hatte.

Sie brauchte einige Zeit, um die richtigen Worte zu finden; der Anfang war so schwierig.

„Gilbert," sagte sie endlich, „ich bin im Begriff, etwas Feiges zu tun. Feige ist es nur deshalb, weil ich es dir nicht schon früher gesagt habe."

Er lud sie ein, auf dem Sofa Platz zu nehmen.

Diesen Augenblick hatte er sich als eine kleine Romanze ausgemalt, eine traumhafte Szene, die nun niemals zur Ausführung gelangen sollte. Jetzt fiel der Traum in sich zusammen.

„Ich möchte mich nicht setzen," sagte sie, „ich habe meine ganze Kraft nötig, um dir das zu sagen, was ich muß. Wäre ich nicht so erbärmlich feige gewesen, hätte ich es noch gestern abend getan. Ich hatte die Absicht dazu," fuhr sie fort, „aber du kamst nicht."

Er nickte.

„Ich weiß," sagte er fast ungeduldig, „ich konnte nicht kommen. Ich wollte nicht – ich konnte nicht kommen," verbesserte er sich.

„Du weißt, was ich dir zu sagen habe?" Ihre Augen waren fest auf ihn gerichtet. „Gilbert, ich liebe dich nicht."

Er nickte wieder.

„Ich weiß es nun," sagte er.

„Ich habe dich nie geliebt," sagte sie in verzweifeltem Ton. „Es gab nie eine Zeit, zu der ich in dir etwas andres sah als einen lieben Freund. Aber – –"

Sie wollte ihm sagen warum, aber ein Gefühl der Loyalität gegen ihre Mutter legte ihr Schweigen auf. Sie wollte alle Schuld auf sich nehmen, verdiente denn nicht sie alle Vorwürfe? Denn wenigstens hatte sie selbst doch über ihre eigene Seele zu bestimmen: mit einem festeren Willen hätte sie einen größeren Widerstand an den Tag legen können, als sie es tatsächlich getan hatte.

„Ich habe dich geheiratet," fuhr sie langsam fort, „weil – weil du – reich – weil du reich werden wirst."

Bei dem letzten Wort wurde ihre Stimme zu einem Flüstern. Ein harter Kampf spielte sich in ihrem Innern ab. Sie wollte die Wahrheit sagen, und doch wollte sie auch nicht, daß er zu schlecht von ihr denken sollte.

„Wegen meines Geldes!" wiederholte er erstaunt.

„Ja, ich – – ich wollte einen Mann mit Geld heiraten. Wir hatten – – sehr schlimme Zeiten durchzumachen."

Das Geständnis entrang sich nur mühsam und stockend ihrem Munde; sie mußte sich jeden Satz zurechtlegen, bevor sie ihn aussprach.

„Du darfst Mutter keine Vorwürfe machen, ich habe ebensoviel schuld; und ich hätte es dir sagen sollen – – ich wollte es dir sagen."

„Ich verstehe," sagte er ruhig.

Es ist wunderbar, über welche Kraftquellen ein Mann im Notfalle verfügt. In dieser schrecklichen Krise, diesem Augenblick, wo sein ganzes Lebensglück ins Wanken geriet, wo sein ganzes Traumgebilde wie ein Kartenhaus zusammenstürzte, brachte er es fertig, eine fast phlegmatische Unparteilichkeit zu bewahren.

Er sah, daß sie wankte und sprang an ihre Seite, um sie zu stützen.

„Setz dich nieder," sagte er ruhig.

Sie gehorchte ihm ohne Widerstreben. Er machte es ihr auf dem Sofa behaglich, schob ihr fast spöttisch ein Kissen hinter den Rücken und ging zum Kamin zurück.

„So, du hast mich wegen meines Geldes geheiratet," sagte er und lachte. Diese Situation entbehrte nicht der Komik.

„Bei Gott, was für eine Komödie – das reinste Lustspiel!" Wiederum lachte er. „Mein armes Kind," sagte er mit ungewohnter Ironie, „du tust mir sehr leid, du hast dich weder mit einem Mann noch mit Geld versorgt!"

Sie blickte rasch zu ihm auf.

„Noch Geld?" wiederholte sie.

Nur Interesse las er in ihren Augen, keine Spur von Enttäuschung. Er kannte die Wahrheit besser, als es von ihr dargestellt worden war: nicht sie war es, die eine gute Partie hatte machen wollen, sondern ihre Mutter, diese herrschsüchtige Weltdame.

„Kein Mann und kein Geld," wiederholte er schneidend, obwohl sein Herz fast sehnsüchtig begehrte, sie zu schonen.

„Und noch schlimmer als das" – mit zwei raschen Schritten war er an dem Tisch, der sie trennte, und sich schwer darauf stützend, beugte er sich vor – „nicht nur hast du keinen Ehemann und nicht nur ist kein Geld da, sondern – – –"

Er unterbrach sich, wie von einem Schuß getroffen.

Das Mädchen sah, wie sich sein Gesicht verzerrte und grau wurde, sah, wie seine Augen wild über sie hinwegstierten und sein Mund in tragischem Schrecken offen stand. Sie erhob sich rasch.

„Was ist dir, was ist dir?" flüsterte sie bestürzt.

„Mein Gott!"

Seine Stimme klang gebrochen, wie die eines Mannes in tödlichem Schreck. Sie neigte ihr Haupt und lauschte. Von irgendwo unter dem Fenster drangen sanfte schwermütige Geigentöne. Die Weise stieg und fiel, seufzte und zitterte vor Leidenschaft unter der Zauberhand des Spielers. Sie schritt zum Fenster und blickte hinaus. Am Straßenbord spielte ein Mädchen, dessen auffallende Schönheit durch ihre ärmliche Kleidung nicht beeinträchtigt wurde. Das Licht einer Straßenlampe fiel auf ihr bleiches Gesicht; ihre Augen waren auf das Fenster gerichtet, an dem Gilbert stand.

Edith blickte auf ihren Mann. Ein Fieberschauer schüttelte ihn.

„Die Melodie in F-Dur," flüsterte er. „Mein Gott! Die Melodie in F-Dur – – – und an meinem Hochzeitstag!"

5. Der Mann, der reich werden wollte

Eine Gruppe von drei Männern, darunter Leslie Frankfort, stand im Privatkontor der Firma Warrell & Bird vor einem hohen Geldschrank. Es gab da allerhand Interessantes und Beachtenswertes zu sehn; auf dem Boden lagen Werkzeuge aller möglichen Formen und Sorten umher.

Der Schrank selbst wies deutliche Spuren einer gewaltsamen Öffnung auf. Über dem Schloß war ein Halbkreis von Löchern in die Stahltüre gebrannt.

„Sie haben es mit einem Knallgasgebläse gemacht," sagte einer der Männer.

Er deutete auf eine Anzahl von Stahlröhren, die unter den übrigen Diebeswerkzeugen am Boden lagen.

„Sie haben gründliche Arbeit geleistet; ich möchte nur wissen, was sie gestört hat."

Der älteste der Herren schüttelte den Kopf.

„Ich nehme an, der Nachtwächter ist ihnen dazwischen gekommen," sagte er. „Was glauben Sie, Frankfort?"

„Ich kann mich noch gar nicht über ihre Geschicklichkeit beruhigen," sagte Leslie. „Die Werkzeuge, die die Kerle benutzt haben, müssen allein schon zweihundert Pfund wert sein."

Er wies auf die Ausrüstung am Boden. Der Detektiv folgte mit seinen Blicken dem ausgestreckten Finger und lächelte.

„Ja," sagte er gelassen, „diese Leute verstehen ihr Handwerk. Sie haben nichts verloren, sagen Sie?"

„Ja und nein," sagte er vorsichtig. „Es war da ein Diamantenhalsschmuck, der vorige Woche von einem unsrer Kunden hinterlegt wurde – der ist fort. Ich habe aber Interesse daran, daß über diesen Verlust zunächst nichts in die Öffentlichkeit dringt."

Der Detektiv blickte ihn erstaunt an.

„Das ist ein ziemlich sonderbares Verlangen," sagte er lächelnd. „Es ist sonst nicht üblich, daß im Bureau eines Börsenmaklers Diamantenhalsbänder aufbewahrt werden – falls ich mir erlauben darf, diese kritische Bemerkung zu machen."

Herr Warrell lächelte.

„Es ist allerdings nicht üblich,“ sagte er, „aber einer unsrer Kunden, der vorige Woche ins Ausland verreiste, kam gerade zwanzig Minuten vor Abgang seines Zuges zu uns und bat uns, das Juwelenetui in unsere Obhut zu nehmen.“

Herr Warrell sagte dies leichthin. Er wollte dem Detektiv nicht verraten, daß der Schmuck als Sicherheit für einen sehr großen Fehlbetrag galt, der dem Kunden erwachsen war; auch hielt er die Erklärung nicht für nötig, daß er die Juwelen in seinem Bureau verwahrt habe in der Hoffnung, die Kundin sei nur in vorübergehender Geldverlegenheit und werde sie bald wieder auslösen können.

„Wußte außer Ihnen und Ihren Teilhabern irgend jemand, daß sie sich hier befanden?“

Warrell schüttelte den Kopf.

„Ich denke nicht. Ich habe es nie irgend jemandem gegenüber erwähnt. Sie vielleicht, Leslie?“

Leslie zögerte.

„Nun, ich kann nicht umhin zuzugeben, daß ich es tat,“ bekannte er. „Allerdings war es jemand, der es nicht weitererzählen würde.“

„Wer war es?“ fragte Warrell.

„Gilbert Standerton. Ich habe die Sache gelegentlich mal erwähnt, als wir über Geldschrankräubereien sprachen.“

Der ältere Herr nickte.

„Ich kann mir kaum denken, daß er zu den Leuten gehört, denen man die Beraubung eines Geldschrankes zutrauen kann.“

Er lächelte.

„Es ist ein sonderbares Zusammentreffen,“ sagte Leslie nachdenklich, „daß er und ich gerade über diese Verbrecherbande erst ein paar Tage vor seiner Hochzeit gesprochen haben. Ich vermute,“ fragte er plötzlich den Detektiv, „es besteht kein Zweifel, daß diese Tat ein Werk Ihres weltberühmten Freundes ist?“

Oberinspektor Goldberg neigte bejahend den Kopf.

„Nicht der geringste Zweifel, Sir," sagte er. „Es gibt nur eine Bande in England, die das leisten kann; und ich könnte sie heute noch in Gewahrsam nehmen, aber es wäre eine Million gegen ein Pfund zu wetten, daß ich nicht imstande wäre, gleichzeitig einen Beweis zu liefern, der sie der Tat überführt."

Leslie stimmte lebhaft bei.

„Das gleiche habe ich Gilbert gesagt," wandte er sich an seinen Geschäftsteilhaber. „Ist es nicht seltsam, daß solche Dinge im zwanzigsten Jahrhundert vorkommen? Da sind drei oder vier Männer, deren Persönlichkeiten bekannt sind – Sie haben mir ja nach ihrem letzten Streich ihre Namen gesagt, Herr Inspektor – und doch ist die Polizei machtlos, ihnen ihre Schuld nachzuweisen. Das ist doch merkwürdig, nicht wahr?"

Inspektor Goldberg fühlte sich nicht gerade angenehm berührt, aber er zwang sich zu einem höflichen Lächeln.

„Andererseits müssen Sie sich aber auch die Schwierigkeit vor Augen halten, Beweismaterial zu sammeln gegen Leute, die mit einer solch unübertroffenen Gerissenheit zu Werke gehen wie diese Bankdiebe. Was ich nicht begreife," sagte er, „ist, warum Ihr Geldschrank eine solche Anziehungskraft auf sie hat. Dieser zweite Versuch ist eine viel schlimmere Sache als der erste."

„Ja, diesmal ist es wirklich ein gelungener Einbruch," sagte Herr Warrell. „Das letztemal waren ihre Vorbereitungen nicht so gründlich, obwohl ihnen das Öffnen des Schrankes besser glückte."

„Ich nehme an, Sie wünschen nicht, daß mehr von der Geschichte als unbedingt nötig in die Zeitung kommt," sagte der Inspektor.

Herr Warrell verneinte mit einem Kopfschütteln.

„Ich möchte überhaupt nicht, daß etwas hineinkommt, bevor ich mit meinem Kunden Rücksprache genommen habe," sagte er; „aber ich muß das vollständig Ihnen überlassen und Sie müssen Ihre Maßnahmen treffen, wie Sie es für gut befinden."

„Sehr schön," sagte der Detektiv. „Augenblicklich wird es, glaube ich, noch nicht nötig sein, einen Bericht zu veröffentlichen. Wenn die Reporter erst Wind von der Sache bekommen haben, wird es am besten sein, Sie erzählen ihnen so viel von der Wahrheit, als Ihnen gut dünkt. Aber es besteht die Aussicht, daß die Sache nicht einmal ruchbar wird, da Sie ja unmittelbar mit dem Polizeiamt in Verbindung getreten sind."

Der Polizeiinspektor verwandte eine halbe Stunde darauf, alles Spurenmaterial, das er ausfindig machen konnte, zu sammeln und sich darüber Notizen zu machen. Nach Ablauf dieser Zeit sandte das Polizeiamt von der Old Jewry-Straße eine Anzahl Geheimpolizisten, um die Werkzeuge fortzuschaffen.

Die Einbrecher waren offenbar am vorigen Abend nach Geschäftsschluß in das Bureau eingedrungen und hatten wohl den ganzen Abend, möglicherweise bis spät in die Nacht hinein, mit Erfolg daran gearbeitet, das Schloß des Geldschranks zu beseitigen. Daß sie bei ihrem Unternehmen gestört worden waren, ging klar aus dem Vorhandensein der Werkzeuge hervor. Es war nicht ihr erster Einbruch in der City von London. Während der letzten sechs Monate war die City durch eine ganze Reihe kühner Räubereien in Aufregung versetzt worden, wovon die Mehrzahl erfolgreich waren.

Die Leute hatten eine ungewöhnlich gute Kenntnis des jeweiligen Inhalts der Geldschränke an den Tag gelegt und dieser Umstand war es, der die Polizei dazu veranlaßt hatte, ihre Untersuchungstätigkeit auf drei anscheinend harmlose Teilhaber einer unbedeutenden Maklerfirma zu konzentrieren. Aber trotz aller Bemühungen konnte kein Beweismaterial beigebracht werden, durch das man diese Leute auch nur entfernt mit den Verbrechen in Zusammenhang bringen konnte.

Leslie entsann sich, daß er Gilbert Standerton lachend aufgefordert hatte, sich die große Belohnung zu verdienen, die zwei Firmen wenigstens für die Wiederbeibringung der gestohlenen Werte ausgeschrieben hatten.

„Schließlich," hatte er gesagt, „Sie würden mit Ihrer scharfsinnigen Phantasie einen idealen Diebesfänger abgeben."

„Oder einen Dieb," hatte Gilbert mürrisch geantwortet.

Er hatte damals einen seiner schlechten Tage, an denen ihn seine veränderten Zukunftsaussichten schwer bedrückten.

Als Leslie das enge Portal des City Proszeniumklubs betrat, lag ein Telegramm für ihn bereit. Er nahm es an sich, öffnete es lässig und las den Inhalt. Ein verblüfftes Stirnrunzeln war die Folge. Es lautete:

„Muß Sie heute nachmittag sprechen. Treffpunkt vier Uhr Charing Croß Station – Gilbert."

Pünktlich zur Minute war Leslie auf dem Bahnhof. Er fand Gilbert, der unter der Uhr auf und ab schritt; er war bestürzt über sein Aussehen.

„Um Gottes willen, was ist los mit Ihnen?" fragte er.

„Los mit mir?" erwiderte der andre barsch, „was soll denn mit mir los sein?"

„Ist Ihnen vielleicht etwas Unangenehmes passiert?" fragte Leslie besorgt. Er hatte seinen Freund aufrichtig lieb.

„Unangenehmes?" Gilbert lachte bitter. „Mein lieber Freund, ich komme aus den Sorgen nicht heraus. Haben Sie mich je anders gekannt? Ich möchte Sie bitten, mir einen Dienst zu leisten," fuhr er rasch fort. „Sie haben früher einmal mit mir über Geld gesprochen. Ich bin mir über die tragische Verkettung meiner Angelegenheiten klar geworden. Ich muß mir Geld verschaffen und zwar rasch."

Er sprach lebhaft und in einem sachlichen Ton, aber Leslie hörte eine Entschlossenheit heraus, die sonst nicht zu den Eigenschaften seines Freundes zählte.

„Ich möchte mich über Aktien, Wertpapiere und dergleichen Dinge unterrichten," fuhr Gilbert fort. „Sie müssen mich darüber belehren. Ich glaube zwar nicht, daß Sie selbst viel davon verstehn" – er lächelte in einer Anwandlung seines früheren guten Humors – „aber das wenige, was Sie wissen, müssen Sie mir mitteilen."

„Mein lieber Junge," wehrte der andre ab, „warum, zum Teufel, machen Sie sich in Ihren Flitterwochen über so etwas Kopfzerbrechen? Wo ist übrigens Ihre Frau?"

„Sie ist zu Hause," sagte der andre kurz. Er hatte keine Lust, über sie zu sprechen, und Leslie hatte trotz seiner Verwunderung genügend Takt, um über die Frage hinwegzugehn.

„Ich kann Ihnen alles sagen, was ich zur Zeit weiß, wenn Sie einen Tip brauchen," sagte er.

„Ich brauche etwas Wichtigeres als einen Tip. – Ich brauche Kapitalanlagen. Ich möchte etwas von Ihnen erfahren, das ungefähr zwölftausend im Jahr einbringt."

Leslie blieb stehen und schaute den andren an.

„Sind Sie ganz –?" begann er.

Gilbert lächelte etwas krampfhaft.

„Ob ich recht im Kopfe bin?" vollendete er die Frage. „O ja, ich bin ganz bei Vernunft."

„Aber begreifen Sie denn nicht," erwiderte Leslie, „daß Sie etwas über eine Viertelmillion brauchen, um diese Zinsen zu bekommen!"

Gilbert nickte.

„Ich hatte einen ungefähren Begriff, daß ein solcher Betrag nötig sei. Ich möchte, daß Sie mir in der Zeit zwischen heute abend und morgen früh eine Liste von sicheren Papieren ausfertigen, in denen ich Kapital anlegen kann; sie müssen erstklassig sein und mir oder meinen Erben mit Sicherheit, ich wiederhole es, die erwähnte Summe einbringen."

„Haben Sie mich wirklich," fragte Leslie gereizt, „an einem heißen Juninachmittag an diesen scheußlichen Platz bestellt, um mich mit Ihren phantastischen Kapitalanlagen zu behelligen?"

Aber etwas in Gilberts Gesicht sagte ihm, daß nicht mit ihm zu spaßen sei.

„Im Ernst, meinen Sie es wirklich so?“ fragte er.

„Im Ernst, ich meine es so.“

„Nun, dann also werde ich Ihnen das Verzeichnis unverzüglich aufschreiben. Was ist passiert? – Hat der Onkel sich eines andren besonnen?“

Gilbert schüttelte den Kopf.

„Es ist nicht wahrscheinlich, daß er seinen Entschluß ändert,“ sagte er. „Ich habe aber heute eine Mitteilung von seinem Sekretär bekommen, wonach es ihm gesundheitlich recht schlecht geht. Es tut mir schrecklich leid.“

Ein aufrichtiges Bedauern klang aus seiner Stimme. „Er ist ein anständiger alter Kerl.“

„Das ist keine Begründung dafür, daß er sein Vermögen diesen verdammten Wauwaus vermacht,“ bemerkte Leslie entrüstet. „Aber warum haben Sie mich hierher kommen lassen, mein Sohn, wo Ihr Klub gleich um die Ecke rum ist?“

„Ja, ich weiß,“ sagte Gilbert; „aber der Klub ist – nun ich will Ihnen die Wahrheit sagen –, ich trete aus dem Klub aus.“

„Aus dem Klub austreten?“ Er stellte sich breitbeinig vor den größeren Mann hin. „Nun sagen Sie mir aber,“ fragte er eindringlich, „was, zum Donnerwetter, soll das alles bedeuten? Sie wollen aus Ihrem Klub austreten, nächstens werden Sie auch noch Ihre Stellung am Auswärtigen Amt aufgeben, Herr Krösus!“

Gilbert nickte.

„Ich habe die Tätigkeit am Auswärtigen Amt schon aufgegeben,“ sagte er ruhig. „Ich brauche möglichst viel Zeit,“ fuhr er mit raschen Worten fort. „Ich brauche jeden Augenblick des Tages für meine eigenen Pläne und für meine Privatgeschäfte. Sie können sich alles Drum und Dran nicht vorstellen, mein lieber Junge," – er legte seine Hand warm auf Leslies Schulter – „aber glauben Sie mir nur, daß ich jeden Rat, den Sie mir geben können, dringend nötig habe, und mehr als den Rat, um den ich Sie bitte, will ich nicht haben."

„Das soll heißen, daß ich meine Nase nicht in Ihre Geschäfte hineinzustecken habe, bis ich eine besondre Einladung auf einer schön gedruckten Karte bekomme. Sehr gut," lachte Leslie. „Nun kommen Sie mit mir in meinen Klub. Ich nehme an, Sie haben als junger Ehemann keine Abneigung gegen alle Klubs gefaßt?"

Gilbert gab keine Antwort und sie berührten den Gesprächsstoff nicht eher wieder, als bis sie es sich in dem geräumigen Rauchzimmer der Junior Terriers bequem gemacht hatten.

Zwei Stunden lang saßen die beiden Männer dort, während derer Gilbert eifrige und genaue Fragen stellte und sich Notizen auf ein Blatt Papier machte. Leslie antwortete, und es wurde ihm manchmal schwer, dem brennenden Wissensdurst seines Freundes gerecht zu werden.

„Ich wußte gar nicht, wie wenig ich weiß," bekannte der junge Mann wehmütig, als Gilbert die letzte Antwort auf seine allerletzte Frage niederschrieb.

„Was für ein allseitiger Fragesteller sind Sie! Sie sind der geborene Examinator, Gilbert."

Gilbert lächelte schwach und schob den Papierstreifen in die Tasche.

„Übrigens," sagte er beim Verlassen des Klubs, „ich habe heute morgen mein Testament gemacht und möchte Sie bitten, das Amt des Vollstreckers zu übernehmen."

Leslie schob seinen Hut mit einem Seufzer ins Genick.

„Sie sind schon der traurigste Vogel, den ich seit langer Zeit getroffen habe," sagte er verzweifelt. „Sie haben gestern geheiratet und heute wandern Sie mit einem Gesicht herum, so lang wie das eines Leichenbestattungsagenten – ich begreife, daß solche interessante und malerische Individuen im Ostende von London existieren –, Sie haben die

Liste entworfen, die Ihnen einen Haufen Geld einbringen soll, haben über Kapitalanlagen gesprochen und haben Ihr Testament gemacht. Sie sind ein bejammernswerter Teufel!"

Wieder lächelte Gilbert mit grimmigem Humor; vor dem Klubhaus schüttelte er dem jungen Mann die Hand und rief nach einem Auto.

„Ich werde nach St. Johns Wood fahren; ich vermute, Sie haben einen anderen Weg?"

„Es beruhigt mich zu hören, daß Sie nach St. Johns Wood fahren," entgegnete der andre mit spöttischer Höflichkeit. „Ich fürchtete schon, Sie würden zum nächsten Krematorium fahren."

Als Gilbert nach Hause kam, fand er seine Frau in seinem Arbeitszimmer. Sie saß in einem großen Lesestuhl. Die Aufregung des vorigen Abends hatte keine Spuren in ihrem schönen Gesicht hinterlassen. Sie gab ihm ein freundliches Lächeln zum Gruß. Unbewußt hatten sie beide eine Einstellung zueinander genommen, die unter den obwaltenden Umständen die denkbar beste war. Schon in dieser kurzen Zeitspanne war ihre Achtung vor ihm gewachsen; er hatte sich so gut in der Hand gehabt, selbst in jenem Augenblick des Schreckens – jenes Schreckens, der sich auf unerklärliche Weise auch auf sie übertragen hatte. Beim Frühstück am nächsten Morgen hatte er sie heiter begrüßt; aber sie hatte keinen Zweifel, daß er eine schlaflose Nacht verbracht hatte, denn seine Augen waren schwer und müde, und seine Munterkeit wurde von seiner Stimme Lügen gestraft; sie klang heiser wie die eines Menschen, der der Natur ihren Tribut nicht gezollt.

Er schritt nun gleich auf seinen Schreibtisch zu.

„Möchtest du allein sein?" fragte sie.

Er fuhr zusammen und blickte sie an.

„Nein, nein," erwiderte er hastig, „ich habe nicht den Wunsch, allein zu sein. Ich habe noch ein bißchen zu arbeiten, aber du störst mich nicht. Ich muß dir übrigens mitteilen," sagte er mit scheinbarer Gleichgültigkeit, „daß ich meine Stellung aufgeben werde."

„Deine Stellung!“ wiederholte sie.

„Ja; ich finde, ich habe soviel zu tun, und das Auswärtige Amt nimmt einen so großen Teil meiner Zeit in Anspruch, die ich wirklich nicht entbehren kann, daß ich vor die Frage gestellt wurde, diese Beschäftigung aufzugeben oder etwas andres ...“

Er gab ihr keine Aufklärung darüber, was dieses ›etwas andres‹ bedeutete; und sie konnte es auch nicht ahnen. Schon fing er an, ihr ein Rätsel zu sein; so sonderbar es ihr selbst vorkam, sie begann, sich für ihn zu interessieren. Daß mit seinem Leben eine Tragödie verknüpft war, von der sie früher keine Ahnung gehabt hatte, dessen war sie sicher. Er hatte ihr ruhig und unumwunden die Geschichte seiner Enterbung erzählt; auf sein Verlangen hatte sie die ganze Sache in einem Briefe ihrer Mutter mitgeteilt. Sie fühlte weder Gewissensbisse noch Angst in der Aussicht auf die unvermeidliche Aussprache, obwohl Frau Cathcart sicher über alle Maßen wütend sein würde.

Als Edith den Briefumschlag schloß, mußte sie ein wenig vor sich hinlächeln. Es gab doch so etwas wie poetische Gerechtigkeit; allerdings würde vielleicht sie selbst ihr Leben lang an den Folgen der ehrgeizigen Pläne ihrer Mutter zu leiden haben. Sie hatte gehofft, daß auf ihren am frühen Morgen aufgegebenen Brief hin ihre Mutter sofort vorsprechen und die Unterredung beendet sein würde, noch bevor ihr Mann heimgekehrt wäre. Aber Gilbert war schon eine halbe Stunde lang im Hause, als die Bombe platzte. Das Klingeln der Dielenglocke ließ die junge Frau auffahren: gespannt hatte sie auf dieses herrische Klingeln gewartet.

Sie flog die Treppe hinab, um selbst zu öffnen.

Frau Cathcart trat, ohne ein Wort zu sagen ein, und wandte sich zu der jungen Frau, nachdem diese die Tür geschlossen hatte.

„Wo ist dein schätzenswerter Gatte?“ fragte sie mit erstickter Stimme.

„Mein Mann ist in seinem Arbeitszimmer,“ antwortete die junge Frau ruhig. „Willst du was von ihm, Mutter?“

„Ob ich etwas von ihm will?“ wiederholte sie atemlos.

Edith sah das Funkeln in ihren Augen, sah auch ihre eingefallenen, hageren Wangen. Für einen kurzen Augenblick hatte sie Mitleid mit dieser Frau, die ihre ganzen Zukunftsträume in einem Moment zusammenstürzen sah, wo sie bestimmt auf ihre Erfüllung gehofft hatte.

„Weiß er, daß ich komme?"

„Ich glaube sogar, er erwartet dich," sagte die junge Frau trocken.

„Ich will ihn allein sprechen," sagte Frau Cathcart, sich auf halber Treppe umwendend.

„Du wirst ihn mit mir zusammen sprechen, Mutter, oder überhaupt nicht," erwiderte die junge Frau.

„Du wirst tun, was ich dir sage, Edith," brach die Frau los.

Die junge Frau lächelte.

„Mutter," sagte sie sanft, „deine Rechte, mir irgendwelche Anweisungen zu geben, haben aufgehört. Du hast mich einem andern Beschützer überantwortet, dessen Anrechte größer sind als deine."

Das war keine gute Einleitung für die folgende Unterredung. Edith machte sich das klar, als sie die Tür öffnete und ihre Mutter einließ.

Als Gilbert sah, wer ihn besuchen kam, erhob er sich mit einer leichten Verbeugung. Er bot ihr nicht die Hand. Er konnte sich die Gefühle dieser Frau einigermaßen vorstellen.

„Wollen Sie nicht Platz nehmen, Frau Cathcart?" fragte er.

„Bei dem, was ich zu sagen habe, stehe ich lieber," fuhr sie ihn an. „Nun, was soll das bedeuten?" Sie zog Ediths Brief heraus, den sie wieder und wieder gelesen, bis sie sich jedes Wort ins Gedächtnis geprägt hatte. „Ist es wahr," fragte sie scharf, „daß Sie ein armer Mann sind? Daß Sie uns getäuscht haben? Daß Sie diese Ehe auf Lug und Trug aufgebaut haben – " er hob seine Hand.

„Sie scheinen zu vergessen, Frau Cathcart," sagte er mit Würde, „daß meine Verhältnisse schon zwischen Ihnen und mir besprochen worden sind und Sie mir gegenüber mit großem Nachdruck die Tatsache betont haben, Vermögensfragen und derlei irdische Erwägungen spielten bei Ihnen keine Rolle."

„Irdische Erwägungen!" höhnte sie. „Was wollen Sie damit sagen, Herr Standerton? Leben Sie etwa nicht auf Erden? Wohnen Sie nicht in einem Haus und essen Brot und Butter, die Geld kosten? Halten Sie sich nicht ein Auto, dessen Betrieb Geld erfordert? Solange ich in der Welt lebe und Sie in der Welt leben, werden irdische Erwägungen immer von Wichtigkeit sein. Ich dachte, Sie wären ein reicher Mann, und nun sind Sie ein Bettler."

Er lächelte etwas geringschätzig.

„Sie haben uns eine hübsche Suppe eingebrockt," sagte sie bissig. „Sie haben eine Frau bekommen, die Sie nicht liebt – ich nehme an, Sie wissen das?"

Er verneigte sich.

„Ich weiß alles, Frau Cathcart," sagte er, „das war das Schlimmste, was ich erfahren habe. Der Umstand, daß Sie die Ehe offenbar nur betrieben haben, weil Sie glaubten, ich sei Sir John Standertons Erbe, schmerzt mich nicht weiter, da ich ja schon viele solche Frauen wie Sie kennen gelernt habe, nur" – er zuckte mit den Achseln – „muß ich gestehn, daß ich Sie für etwas andres als die meisten Mütter der Gesellschaft gehalten habe – verzeihen Sie, daß ich wieder darauf zurückkomme. Aber Sie sind durchaus nicht besser – vielleicht sogar ein wenig schlechter," sagte er, sie nachdenklich anblickend.

In seinem Blick lag etwas Sonderbares, über das sich die Frau nicht recht im klaren war. Irgendwo hatte sie diesen Blick schon gesehn und gegen ihren Willen schauderte sie zusammen. Ihr Zorn wich einem Gefühl der Furcht.

„Ich bat Sie, die Hochzeit zu verschieben," fuhr er sanft fort. „Ich hatte einen besonderen Grund dafür, über den ich mich jetzt nicht auslassen möchte, der aber nach Ablauf von wenigen Monaten Ihr Interesse erwecken wird. Doch Sie hatten Angst, Ihren reichen Schwiegersohn zu verlieren; damals war es mir nicht klar, daß Sie diese Befürchtung hatten. Ich habe mich damit beruhigt – es tut wirklich nichts zur Sache, auf welche Weise," sagte er gelassen, „daß Sie die größere Verantwortung für diese gute Partie tragen als ich."

Er war ein ganz andrer Mann; trotz ihrer stürmischen Wut konnte Frau Cathcart das feststellen: er offenbarte neue Geistes- und Charakterseiten, eine Entschlossenheit und – was ihr ganz besonders auffiel – aus seinen Augen glänzte eine ihr fremde und furchtbare Wildheit, die seinem Gesicht fast einen Ausdruck rücksichtsloser Härte verlieh.

„Ihre Tochter heiratete mich unter irrtümlichen Voraussetzungen. Sie hat Ihnen alles berichtet, was ich Ihnen zu sagen hatte –, fast alles," verbesserte er sich, „und ich war auf Ihren Besuch gefaßt. Wären Sie nicht gekommen, so hätte ich Sie darum gebeten. Ihre Tochter ist so frei wie die Luft, soweit ich in Betracht komme. Ich nehme an, Ihre Weltgewandtheit erstreckt sich auch auf die Kenntnis des Gesetzbuches? Sie kann morgen eine Ehescheidung beantragen und wird sie wohl ohne Schwierigkeit und ohne viel Aufhebens in der Öffentlichkeit durchsetzen."

Ein Hoffnungsschimmer leuchtete in dem Gesicht der Frau auf.

„Daran habe ich gar nicht gedacht," sagte sie halb für sich. Da sie eine Frau von raschem Entschluß war, wandte sie sich schnell zu ihrer Tochter. „Pack deine Sachen zusammen und komm mit mir!"

Edith rührte sich nicht. Sie stand auf der andern Seite des Tisches, warf einen Blick auf ihren Gatten und schaute ihrer Mutter ins Gesicht.

„Du hörst, was Herr Standerton sagt," fuhr Frau Cathcart gereizt fort. „Er hat dir einen Weg gewiesen, wie du aus der Sache herauskommen kannst. Was er sagt, ist richtig. Eine Scheidung kann ohne Schwierigkeiten erlangt werden. Komm mit mir, ich werde deine Kleider holen lassen."

Immer noch rührte sich Edith nicht.

Als Frau Cathcart sie beobachtete, sah sie, wie ihre Züge sich allmählich lösten, ihre Lippen sich zu einem Lächeln öffneten; dann warf sie den Kopf zurück und ein helles Lachen klang glockenrein durchs Zimmer.

„O Mutter!“ Die unendliche Verachtung, die aus ihrer Stimme sprach, wirkte auf die Frau wie ein Peitschenhieb. „Du kennst mich schlecht! Mit dir zurückgehn? Mich von ihm scheiden lassen? Du bist wahnsinnig! Wenn er tatsächlich ein reicher Mann gewesen wäre, würde ich es tun; aber so wie es nun einmal ist, wenn ich ihn auch nicht liebe und obgleich ich ihm keinen Vorwurf machen würde und auch nicht kann, wenn er mich nicht liebt, so ist jetzt mein Schicksal mit dem seinen verbunden und mein Platz ist hier.“

„Was für ein rührendes Schauspiel,“ sagte die ältere Frau boshaft.

„Es gibt eine Menge Wahrheiten und unendlich viel Anständigkeit in solchen Schauspielen, Frau Cathcart,“ sagte Gilbert.

Bleich vor Wut blieb seine Schwiegermutter noch einen Augenblick stehn, dann wandte sie sich um, stürzte zum Zimmer hinaus, und sie hörten, wie sie die Haustür hinter sich zuschlug.

Einige Sekunden blickte sich dieses sonderbare Ehepaar an, dann streckte Gilbert seine Hand aus.

„Ich danke dir,“ sagte er.

Die junge Frau senkte ihre Augen.

„Du hast mir nichts zu danken,“ sagte sie gleichgültig.“ Ich habe dir viel zuviel Unrecht angetan, als daß ich mit einer unbedeutenden Tat alle Folgen meiner Selbstsucht auslöschen könnte.“

6. Das Geldschrankgeschäft

Die City von London ist, wie alle Welt weiß, voll von blühenden und wohlbegründeten Geschäften.

Es gibt dort eine Menge von Firmen, die, sei es mit würdevollen oder ruhmredigen Aufschriften, die Tatsache verkünden, daß dieses Geschäft schon seit hundert Jahren am gleichen Platze stehe und daß es von den rechtmäßigen Nachkommen seiner Begründer weitergeführt würde.

Man findet dort auch in protzig eleganten Häusern, mit ganzen Fluchten von Geschäftsräumen, Aktiengesellschaften, Syndikate und sonstige Handelsunternehmungen, die im Frühjahr ins Leben treten und im Winter sich in das Nichts auflösen, ohne andere Spuren ihres Daseins zu hinterlassen als unbezahlte Rechnungen und einen Hausbesitzer, der sich wenigstens damit abfinden konnte, daß er sich seine Miete im voraus hatte zahlen lassen.

Die Tragödien der City von London spielen sich im weiteren Sinne hauptsächlich um das häßliche, unscheinbare Gebäude der Börse herum ab; ihre Opfer mögen wohl unter den vereinzelten heruntergekommenen Leuten zu suchen sein, die wie körperlose Schatten in den Straßen um dieses grimmige Gebäude herumstreichen.

Doch der unglückliche Spekulant ist keine Besonderheit der Weltstadt; seine Schicksalsgenossen, die an einem Tag oder in einer Stunde Vermögen erwerben und wieder verlieren, finden sich in jeder Stadt der Welt, wo Börsengeschäfte gehandelt werden.

Die landläufige Vorstellung malt sich das Elend der City in menschlichen Wracks aus, die in der Dunkelheit am Themsekai herumlungern oder mit zu Boden gesenkten Augen den Straßendamm entlang humpeln, um nach weggeworfenen Zigarrenstummeln zu suchen. Das ist traurig genug, obgleich zwar oft diese Unglücklichen, die wir bemitleiden, zufriedener mit ihrem Los sind, als sich die meisten Leute vorstellen.

Die wahren Trauerspiele gehn in den Hunderten kleiner Geschäfte vor sich, die mit freudiger Zuversicht ins Leben gerufen werden, um die jahrelangen Ersparnisse von zwei oder drei Menschen zu verschlingen. Die prunkhaften Briefbogen, die aus funkelnagelneuen, nach frischem Anstrich und Firnis riechenden Geschäftsräumen hinausgehen, die jungfräulichen Bücher, die sich wichtig auf neuen Regalen breitmachen, die Unmenge von Briefen, die täglich versandt werden, die Werbeheftchen und -blätter, die Tabellen und alle sonstigen Mätzchen eines unerfahrenen Reklamemachers, und dann das langsame Tröpfeln der einlaufenden Antwortschreiben – das alles gehört zu dem grausamen Spiel.

Manche Firmen legen es darauf an, sich mit Gewalt, mit einem großen Aufgebot von Trompetengeschmetter einzuführen. Andere wieder fügen sich geräuschlos ins Geschäft ein und gedeihen rätselhafterweise; im allgemeinen kann man wohl annehmen, daß sie den unschätzbaren Vorteil einer ›Verbindung‹ für sich hatten, die ihnen aus dem Dunkel einer Vorstadt heraus zu einer günstigeren Geschäftslage verhalf.

Eines der Geschäfte, die sich im Jahre 1910 in London auftaten, war im Telephon- und Adreßbuch als die ›St. Brides Safe Company‹ eingetragen. Es vertrieb neue und gebrauchte Geldschränke, Stahlkammern und alle übrigen kunstvollen Sicherheitsvorrichtungen.

In seinem Schaufenster waren neue und alte Geldschränke jeder Machart, Vergitterungen, Diebsalarmläutewerke, große und kleine Geldkassen ausgestellt, und was es sonst noch gibt an Eisen und Stahl, um den Gelüsten von Berufseinbrechern zu begegnen.

Der Geschäftsinhaber, anscheinend ein Herr aus der Midlandgegend, suchte sich das Personal, einschließlich des Geschäftsführers und Verkäufers, mittels Zeitungsinserate zusammen, hielt mit ihnen in einer Midlandstadt eine Besprechung ab und stellte dem Geschäftsführer, der mit tadellosen Zeugnissen ausgerüstet kam, eine reichliche Geldsumme zur Einrichtung und zum Betrieb zur Verfügung.

Zur Auffüllung des umgesetzten Betriebskapitals erhielt er von Zeit zu Zeit weitere Zuschüsse; obwohl der Absatz sehr schwach war, ließ es sich der Besitzer nicht verdrießen, die hohe Miete und die recht anständigen Gehälter des Personals weiter zu bezahlen.

Gelegentlich pflegte der Besitzer dem Laden einen Besuch abzustatten, gewöhnlich spät am Abend, weil sein Geschäft in Birmingham, wie er erklärte, seine Tätigkeit ständig in Anspruch nehme.

Das vorhandene Material wurde dann geprüft, es fand eine Inventuraufnahme der Schlüssel statt – diese wurden in der Regel im Privattresor der Firma aufbewahrt – und der Besitzer drückte schließlich jedesmal seine Befriedigung über den Fortschritt des Geschäftes aus.

Der Geschäftsführer selbst begriff nie recht, wie sein Prinzipal dieses Geschäft weiterführen konnte; aber offenbar hatte er einen großen Umsatz in der Provinz, denn er war in der Lage, ein großes Lastauto nebst Chauffeur zu unterhalten, das von Zeit zu Zeit vor dem Laden in der Bride-Straße erschien, um einen Geldschrank abzuladen oder verkaufte Ware seinen neuen Eigentümern zuzuführen.

Der Geschäftsführer, Herr Timmings, ein ehrenwerter Bürger von Balham, konnte sich nur vorstellen, daß die Provinz-Filiale des Geschäftes recht guten Umsatz hatte. Mitunter kam das Lastauto mit allen Anzeichen einer meilenweiten Fahrt, so daß er den Eindruck gewann, daß jedenfalls in der Birminghamer Gegend das Geschäft gut gedeihen müsse.

Es war am Tage nach der merkwürdigen Auseinandersetzung, die im vorigen Kapitel geschildert wurde, daß Gilbert Standerton unter anderm sich zur Anschaffung eines Geldschrankes entschloß. Er brauchte einen für sein Haus und es gab Gründe, die im einzelnen nicht dargelegt zu werden brauchen, warum ihm ein solches Möbelstück nötig erschien. Früher hatte er nie das Bedürfnis nach einem Geldschrank empfunden. Als ihm aber jetzt dieser Wunsch kam, wollte er ihn sofort befriedigen. Es war sein Unglück oder Glück, wie man es nehmen will, daß dieser Entschluß erst zu einer Stunde in ihm reifte, zu der die meisten Händler dieser ungewöhnlichen Einrichtungsgegenstände Geschäftsschluß gemacht haben. Es war schon sechs Uhr vorüber, als er in der City ankam.

Herr Timmings war an diesem Abend schon zeitig weggegangen, doch hatte er einen äußerst tüchtigen Vertreter zurückgelassen.

Der Besitzer war an diesem Tag etwas früher nach London gekommen; Gilbert sah ihn durch die Glastüre und blickte ihn erstaunt an. Als er die Tür öffnen wollte, war sie verschlossen; aber der Besitzer kam mit einem liebenswürdigen Lächeln selbst und schloß sie auf.

„Wir haben schon Schluß gemacht," sagte er, „und ich fürchte, mein Geschäftsführer ist schon nach Hause gegangen. Kann ich Ihnen mit etwas dienen?"

Gilbert schaute ihn an.

„Ja," sagte er langsam, „ich möchte einen Geldschrank kaufen."

„Dazu kann ich Ihnen möglicherweise behilflich sein," sagte der Herr gutgelaunt. „Wollen Sie nicht hereinkommen?"

Gilbert trat ein und die Tür wurde hinter ihm verriegelt.

„Was für eine Art Schrank wünschen Sie?" fragte der Mann.

„Ich möchte einen kleinen," sagte der andre. „Ich möchte gern einen gebrauchten Schrank, wenn Sie einen da haben."

„Ich glaube, wir haben noch einen auf Lager. Sie brauchen ihn wohl für Ihr Bureau?"

Gilbert schüttelte den Kopf.

„Nein, ich brauche ihn für meine Wohnung," sagte er kurz, „und es wäre mir lieb, wenn er möglichst sofort geliefert werden könnte."

Er besah sich die verschiedenen Behältnisse für Wertsachen und traf schließlich seine Wahl.

Er war schon im Hinausgehn, als er den großen Geldschrank am Ende des Ladens sah.

Es war ein ziemlich auffallendes Stück, etwa acht Fuß hoch und ungefähr ebenso breit. Er sah täuschend einem großen Kleiderschrank aus Stahl ähnlich. Drei verschiedene Schlösser schützten das Innere und dazu kam noch ein Chiffreschloß.

„Das ist aber ein mächtiger Schrank," sagte Gilbert.

„Nicht wahr,“ sagte der andre gleichgültig.

„Wieviel kostet so einer?“

„Er ist verkauft,“ sagte der Besitzer etwas kurz angebunden.

„Verkauft? Ich möchte gern das Innere sehn,“ sagte Gilbert.

Der Mann lächelte ihn an und strich nachdenklich seinen aufwärtsgedrehten Schnurrbart.

„Es tut mir leid, daß ich Ihnen nicht damit dienen kann,“ sagte er. „Der Grund ist einfach der, daß der neue Besitzer nach Abschluß des Verkaufs die Schlüssel mit sich genommen hat.“

„Das ist sehr schade,“ sagte Gilbert, „denn das ist einer der interessantesten Geldschränke, die ich je gesehn habe.“

„Er ist gar nichts Besonderes,“ sagte der andre kurz und klopfte mit seinem Fingerknöchel nachsinnend an die Seiten. „Es ist eigentlich ein ziemlich teures Vergnügen.“

„Er sieht aus, als ob sie ihn ständig hier gehabt hätten.“

„Sieht er so aus, ja?“ erwiderte der andre zerstreut. „Ich mußte ihm eben einen praktischen Platz geben.“

Lächelnd geleitete er seinen Kunden in einen andern Teil des Ladens. Gilbert wollte zuerst mit einem Scheck zahlen, aber irgend etwas ließ ihn davon Abstand nehmen. Er suchte in seinen Taschen nach und fand die fünfzehn Pfund, die für seinen Tresor verlangt worden waren.

Mit einem freundlichen „Guten Abend“ wurde er zum Laden hinausgeleitet und die Tür hinter ihm verschlossen.

„Wo habe ich dein Gesicht schon gesehn?“ sagte der Besitzer für sich.

Obwohl er in vielen Beziehungen ein äußerst gewandter Mann war, bleibt die seltsame Tatsache bestehn, daß er seinen Kunden erst viele Monate später in seinem Gedächtnis einordnen konnte.

7. Die Bankräuber

Drei Männer saßen im hinteren Zimmer eines Bureaus der City. Die äußere Eingangstüre war verriegelt, während die Verbindungstüre zwischen dem äußeren Bureauraum und dem Chef-Kontor weit offen stand.

Die Männer saßen an einem Tisch, waren mit einem einfachen Frühstück beschäftigt, das sie sich aus einem Restaurant in der Nachbarschaft hatten bringen lassen, und unterhielten sich mit gedämpften Stimmen.

Aus George Wallis Sprechweise konnte man entnehmen, daß er als Autorität galt und eine leitende Stellung den andern gegenüber einnahm; er war ein Mann in den Vierzigern, neigte etwas zu Korpulenz, war von mittlerer Größe und hatte nichts Besonderes in seinen Gesichtszügen, abgesehn von dem kurzen borstigen Schnurrbart und den pechschwarzen Augenbrauen, die seinem Gesicht einen etwas finsteren Ausdruck verliehen. Seine Augen blickten müde und schläfrig, aber seine eckige Kinnlade verriet ungeheure Tatkraft, und die Hände, die müßig mit einem Federhalter spielten, waren klein, aber stark; es waren die Hände eines Künstlers, und tatsächlich war George Wallis unter diesem Namen oder einem andern als Künstler in seinem besonderen Fach auf jedem Polizeiamt des Kontinents bekannt.

Callidino neben ihm war ein kleiner hübscher und geschmeidiger Italiener. Seinem ziemlich langen Haar nach hätte man eher auf einen schwärmerischen Musiker als auf einen kaltblütigen Geschäftsmann schließen können. Und doch war dieser hübsche Italiener als der praktischste in diesem beachtenswerten Trio bekannt, das viele Jahre hindurch der Schrecken aller Bankdirektoren in Frankreich gewesen war.

Der dritte, ein stattlicher Mann mit einem freundlichen, rosigen Gesicht und einem schmucken Reiterschnurrbart, war Persh, der sich trotz seines Umfanges durch außergewöhnliche Gewandtheit auszeichnete. Seine Flucht von der Teufelsinsel und die anschließende Fahrt nach Australien in einem offenen Boot wird den meisten Zeitungslesern noch frisch in Erinnerung sein.

Sie machten aus ihren Personalien kein Hehl und wichen den unverblümten Fragen bei dem Verhör nicht aus, das sie zu bestehn hatten, als die City-Polizei sie aufgespürt hatte und zu ihnen kam, um den Geschäften dieser ›harmlosen Börsenmaklerfirma‹ auf den Grund zu gehen. Die Herren von der Polizei waren ein wenig enttäuscht, als sie entdeckten, daß ein völlig ordnungsgemäßes Geschäft betrieben wurde. Man kann nicht einmal notorischen Bankräubern etwas anhaben, wenn sie es vorziehn, ihren Lebensunterhalt auf irgendeine vom Gesetz erlaubte Weise, mag sie auch noch so schlecht angeschrieben sein, zu verdienen; und mehr als eventuelle Kunden darauf aufmerksam machen, daß die Leiter dieses merkwürdigen Geschäfts berüchtigte Verbrecher seien, konnte die Polizei nicht tun, sondern mußte beobachtend beiseite stehn und sich damit trösten, daß die Leute früher oder später sich eine Blöße geben würden, die sie in die Hände der Polizei lieferten.

„Und sie werden hübsch lang zu warten haben," sagte Wallis.

Er blickte mit einem belustigten Lächeln im Kreise seines ›Aufsichtsrates‹ umher.

„Sind sie heute dagewesen?" fragte Callidino.

„Ja, sie waren heute da," sagte Wallis ernst. „Sie haben unsre Bücher, unsre Tische und unsre Kleider und sogar die Füße unsrer Bureaustühle untersucht."

„Ein taktloses Vorgehen," sagte Persh lustig. „Was haben sie gefunden, George?"

George lächelte.

„Sie haben alles gefunden, was zu finden war," sagte er.

„Ich nehme an, es war der Einbruch in der Bond Guarantees Bank, von dem ich las, der sie so aufgeregt hat," sagte der Italiener kühl.

„Ich vermute es auch," sagte Wallis mit gleichgültigem Ernst. „Es ist recht fatal, solche Namen, wie wir sie haben, zu tragen. Im Ernst," fuhr er fort, „ich habe nicht sehr große Angst vor der Polizei, selbst angenommen, sie würden etwas finden. Ich habe noch keinen unter ihnen kennen gelernt, der den Scharfsinn besitzt wie jener kalte Teufel, den wir auf dem Auswärtigen Amt getroffen haben, als ich ihm einige Fragen über Persh' einzigartige Erfahrungen auf der Teufelsinsel zu beantworten hatte."

„Wie war sein Name?" fragte Persh interessiert.

„Er erinnerte mich an etwas Südafrikanisches – o ja, ich habs – Standerton. Ein kalter Bursche – am folgenden Tag habe ich ihn wieder in Epsom getroffen," sagte Wallis. „Er gehört an einen andern Platz als in das Auswärtige Amt. Du erinnerst dich, Persh, wie rasch er mich eingewickelt hatte?" – Dieser nickte. „Bevor ich wußte, wie mir geschah, hatte ich zugegeben, ich sei in der gleichen Woche, als Lady Perkintons Juwelen gestohlen wurden, in Huntingdonshire gewesen. Wenns noch fünf Minuten länger gedauert hätte, hätte er vermutlich erfahren" – er dämpfte seine Stimme zum Flüstern herab –, „wo all diese Schätze, die die englische Polizei sucht, verborgen sind."

Die Männer lachten wie über einen guten Witz.

„Da wir einmal von kaltblütigen Leuten sprechen," sagte Wallis, „entsinnst du dich noch des unheimlichen Teufels, der uns in Hatton Garden in die Quere gekommen ist?"

„Hast du ihn ausfindig gemacht?" fragte Callidino.

George schüttelte den Kopf.

„Nein," sagte er gedehnt, „ich habe nur ziemliche Angst vor ihm." – Was ein seltenes Zugeständnis für ihn bedeutete.

Er wechselte plötzlich den Gesprächsstoff.

„Ihr Leute wißt vermutlich," sagte Wallis, „daß die Polizei gerade gegenwärtig eine besondere Tätigkeit entfaltet? Ich habe allen Grund, darüber Bescheid zu wissen, da sie eben erst eine äußerst gründliche Durchsuchung meines Privateigentums vorgenommen hat."

Er übertrieb nicht. Die Polizei war tatsächlich eifrigst am Werk, irgendwelche Anhaltspunkte zu finden, um diese drei bekannten Verbrecher mit den Ereignissen des letzten Monats in Zusammenhang zu bringen.

Eine halbe Stunde später verließ Wallis das Gebäude. Er blieb in der Eingangshalle des großen Bureauhauses stehen und zündete sich eine Zigarre an mit einer Miene, die seine Zufriedenheit mit der Welt und der Menschheit bekundete.

Als er seinen Fuß auf das Pflaster setzte, trat ein großer Mann an ihn heran. Wallis blickte rasch auf und nickte leicht.

„Ich brauche Sie," sagte der große Mann kalt.

„Wirklich?" sagte Wallis mit übertriebener Neugierde. „Und wozu brauchen Sie mich?"

„Sie werden mit mir gehn, und zwar ohne die geringste Widerrede," sagte der Mann.

Er rief eine Droschke an und die zwei Männer fuhren rasch zur nächsten Polizei-Station. Wallis fuhr fort, seine Zigarre zu rauchen, ohne ein Zeichen von Furcht zu äußern. Er hätte gerne mit dem Beamten, der ihn verhaftet hatte, geplaudert, aber der Beamte war nicht in der Stimmung zu einem launigen Gespräch.

Er wurde in das Untersuchungszimmer gestoßen und vor den Tisch des Inspektors gebracht. Dieser Beamte blickte mit einem Kopfnicken zu ihm auf; er war freundlicher als der Polizist, der ihn verhaftet hatte.

„Nun Wallis," sagte er lächelnd, „wir möchten einige Mitteilungen von Ihnen haben."

„Sie wollen immer Mitteilungen von jemandem haben," sagte der Mann unverfroren. „Hat es schon wieder einen Einbruch gegeben?"

Der Inspektor nickte.

„Ei ei," sagte der Verhaftete und tat so, als ob es ihm peinlich sei, „das ist aber sehr ärgerlich für Sie, Herr Whitling. Ich nehme an, Sie haben den Täter erwischt," fragte er sanft.

„Im Augenblick habe ich Sie erwischt," sagte der Inspektor schlagfertig. „Ich wäre nicht überrascht, wenn ich damit auch den Täter erwischt hätte. Können Sie Nachweisen, wo Sie die letzte Nacht verbrachten?"

„Mit dem größten Vergnügen," sagte Wallis; „ich habe mit einem Freund zu Abend gegessen."

„Sein Name?"

Der andre zuckte die Achseln. „Sein Name ist nebensächlich. Ich habe mit einem Freund zu Abend gegessen, dessen Name nichts zur Sache tut. Nehmen Sie das zu Protokoll, Herr Inspektor."

„Und wo haben Sie mit diesem unbekannten Freund zu Abend gegessen," fragte der Beamte, der sich nicht aus der Fassung bringen ließ.

Wallis nannte ein Restaurant in der Wardour-Straße.

„Um wieviel Uhr haben Sie gegessen?" fragte der Inspektor geduldig.

„Zwischen acht und elf Uhr," entgegnete Wallis, „wie der Besitzer des Restaurants bezeugen wird."

Der Inspektor lächelte vor sich hin; er kannte das Restaurant und auch seinen Besitzer. Seine Zeugenaussage würde vor einem Gerichtshof nicht allzu schwer ins Gewicht fallen.

Können Sie irgendeine einwandfreie Person angeben," fragte er weiter, „die Ihre Anwesenheit dort bezeugen kann, jemand anders als Ihren unbekannten Freund und Signor Villimicci?"

Wallis nickte.

„Ja, ich kann mit gebührender Hochachtung," sagte er, „Sergeant Colebrook der Zentralfahndungs-Abteilung von Scotland Yard namhaft machen."

Er legte eine aufreizende Sanftmut an den Tag. Der Inspektor blickte scharf auf.

„Wird er für Sie Zeugnis oblegen können?“ fragte er nachdrücklich.

„Jedenfalls hat er mich die ganze Zeit über beobachtet; er war, glaube ich, als feiner Herr verkleidet. Wenigstens trug er Abendanzug und sah ganz anders aus als die Kellner; er hatte sich als Gast an einen Tisch gesetzt, verstehen Sie.“

„Ich verstehe,“ sagte der Inspektor und schrieb es nieder.

„Es hat mir ziemlichen Spaß gemacht, von einem wirklichen Detektiv-Sergeanten aus jenem unheimlichen Backsteinriesenbau bewacht zu werden,“ fuhr der Mann fort. „Mir war es ganz angenehm; allerdings war zu befürchten, daß der arme Kerl die Sache früher satt bekommen würde als ich.“

„Um es zu wiederholen,“ sagte der Inspektor, „Sie wurden also beobachtet gestern abend von acht Uhr bis –?“

Er hielt forschend ein.

„Bis beinahe gegen Mitternacht, wenn ich mich nicht täusche; bis unser Detektiv im Abendanzug, der wie ein richtiger Detektiv die ganze Zeit über ein tragisches Gesicht machte, mir bis vor die Haustür meiner Wohnung gefolgt war.“

„Das kann ich in einer Minute feststellen,“ sagte der Inspektor. „Gehn Sie inzwischen dort ins Wartezimmer.“

Wallis schlenderte gleichgültig hinein, während der Inspektor das Telephon in die Hand nahm.

Fünf Minuten später wurde der Verhaftete wieder geholt.

„Es stimmt alles,“ sagte der Inspektor. „Die Sache ist glatt für Sie, Wallis.“

„Freut mich zu hören,“ erwiderte Wallis. „Ich bin wirklich sehr erleichtert!“ Er seufzte schwer. „Nun, da ich bei einem Geschäft gelandet bin, das ich als eine behördlich zugelassene Form des Diebstahls am

Publikum bezeichnen möchte, ist es mir besonders erfreulich zu wissen, daß meine Unternehmungen von der Polizei gebilligt werden."

„Wir billigen keines Ihrer Geschäfte," entgegnete der Inspektor.

Ein unangenehmer Mensch, dachte Wallis, verliert weder seinen Gleichmut noch wird er grob.

„Sie können jetzt gehen – tut mir leid, daß ich Sie habe belästigen müssen."

„Nicht der Rede wert," erwiderte Wallis höflich, mit einer leichten Verbeugung.

„Übrigens, bevor Sie fortgehn," sagte der Inspektor, „wollen Sie noch einen Augenblick in das Zimmer nebenan mit mir kommen, ja?"

Wallis folgte ihm und der Inspektor verschloß die Tür hinter ihnen. Sie waren unter sich.

„Wallis, es wird Ihnen wohl bekannt sein, daß eine Belohnung von etwa zwölftausend Pfund für die Entdeckung der an diesen Einbrüchen beteiligten Leute ausgesetzt ist?"

„Das ist mir ganz neu," antwortete Wallis, seine Augenbrauen in die Höhe ziehend.

„Das ist Ihnen nicht neu," sagte der Inspektor; „tatsächlich wissen Sie weit mehr über die Sache als ich. Aber ich will Ihnen folgendes sagen: Wir haben alle Maßnahmen getroffen, um der Bande habhaft zu werden, und werden keine Ruhe geben, bis wir ihr auf alle Fälle das Handwerk gelegt haben. Schauen Sie, George," er tippte mit seinen kräftigen knochigen Fingern dem andern auf die Brust, „gibt es nicht die Möglichkeit des freiwilligen Geständnisses?"

„Freiwilliges Geständnis?" Herr Wallis war die verblüffte Unschuld selbst.

„Wollen Sie nicht den Kronzeugen machen, dem Straffreiheit zusteht?" erklärte der andre kurz.

„Ich wäre äußerst glücklich," erwiderte Wallis mit einem ratlosen Achselzucken, „aber wie soll ich in einer Sache, von der ich nicht das geringste weiß, den Kronzeugen abgeben? Die Belohnung ist ja ungeheuer verlockend. Wenn ich Verbrecherkumpane hätte, ließe ich mich leicht überreden. Mein Gewissen ist eine Sache, die sich immer den jeweiligen Umständen anpaßt; es hat eine ziemliche Ähnlichkeit mit einem Fußmaß, wie es die Schuhmacher gebrauchen, um die Füße ihrer Kunden zu messen – es ist etwas erschreckend Anpassungsfähiges, wie eine gleitende Skala, die auf und nieder rutscht."

„Ich habe keine Lust, noch mehr über Ihr Gewissen anzuhören," sagte der Beamte ungeduldig. „Wollen Sie ein Geständnis machen oder nicht?"

„Ich habe kein Geständnis zu machen," erwiderte Wallis mit Nachdruck.

Der Inspektor machte eine ungehaltene Kopfbewegung; Wallis wiederholte die Verbeugung, die er vor dieser Privatunterredung gemacht hatte, und schritt auf die Straße hinaus.

Niemand wußte besser als er selbst, wie restlos jeder seiner Schritte beobachtet wurde. Schon beim Verlassen des Polizeiamtes wußte er, daß der scheinbare Tagdieb an der Ecke der Straße es auf ihn abgesehen habe und ihm auf den Fersen bleiben würde, bis er ihn einem weiteren Beamten in Zivil zur Beobachtung übergeben würde. Von einem Bezirk zum andern, vom einen Ende der Stadt zum andern würden ihn diese wachsamen Augen unablässig verfolgen; während er schlief, würden seine Türe, Vorder- und Rückseite seiner Wohnung bewacht werden. Er konnte sich nicht bewegen, ohne daß ganz London – ganz London, soweit es für ihn in Betracht kam – jede seiner Bewegungen erfuhr.

Sein Heim lag im oberen Teil eines Hauses über einem Tabakladen in einer Seitengasse der Charing Croß-Straße. Zu dieser kleinen Wohnung lenkte er gemächlich seine Schritte, ohne seine Gangart irgendwie zu beschleunigen, weil er sich bewußt war, daß auf der einen Straßenseite ein harmloser Handlungsreisender und auf der anderen ein Brötchenverkäufer, der anscheinend mit seiner Ware heimwärts trollte, ihn nicht aus den Augen ließen. Er kaufte unterwegs in der Charing Croß-

Straße einige Zigarren, überquerte die Straße dicht bei der Alhambra und schloß zehn Minuten später die Tür neben dem Laden zu einem schmalen Hausflur auf, durch den sein Privateingang zum oberen Stockwerk führte.

Der behaglich eingerichtete Raum verriet keinen schlechten Geschmack. Breite Klubsessel gaben dem Zimmer ein solides Gepräge und die wenigen Bilder an der Wand fielen durch ihre Auserlesenheit auf.

Er machte sich nicht die Mühe, das Zimmer oder den übrigen Teil der kleinen Mietswohnung einer Prüfung zu unterziehen. War die Polizei dagewesen, so war sie es eben. Wenn nicht, war es ihm auch gleichgültig. Finden konnte sie nichts. Darüber hatte er ein gutes Gewissen, insofern das Gewissen eines Mannes gut sein kann, der weniger die Folgen seiner Taten an sich als die augenscheinlichen, offenkundigen und auffindbaren Spuren fürchtet.

Er drückte auf eine Klingel und nach einer kleinen Weile erschien eine alte Frau.

„Machen Sie mir etwas Tee, Frau Skard," sagte er. „War jemand da?"

Die alte Frau blickte nachsinnend zur Decke auf.

„Nur der Gasmann," sagte sie.

„Nur der Gasmann," wiederholte George Wallis höchlichst erstaunt. „War er nicht mächtig überrascht, als er entdeckte, daß wir überhaupt kein Gas haben?"

Die alte Dame schaute ihn etwas verdutzt an.

„Er sagte, er sei gekommen, um nach dem Gas zu sehn," sagte sie, „und dann, als er merkte, daß wir kein Gas haben, sagte er ›wegen des elektrischen Lichts‹ – ein ganz zerstreuter junger Mann."

„So sind sie meistens, Frau Skard," erwiderte ihr Zimmerherr milde; „wissen Sie nicht, daß sie sich gerade in dieser Jahreszeit gerne verlieben, und wenn dann ihr Gemüt mit anderen, erfreulicheren Gedanken als mit Gasröhren und Glühstrümpfen beschäftigt ist, werden sie leicht ein bißchen verwirrt. Ich hoffe, er hat Sie nicht belästigt – hat er Ihnen nicht gesagt, Sie brauchten nicht im Zimmer zu bleiben?“ half er ihrem Gedächtnis nach.

„Ganz recht, Sir,“ sagte Frau Skard. „Er sagte, er könne alles ohne Hilfe machen.“

„Und ich will wetten, er hat es getan,“ sagte George Wallis in der besten Laune.

Unbekümmert darum, daß seine Wohnung von einem eifrigen Geheimpolizisten durchsucht worden war, saß er eine Stunde lang da und las eine amerikanische Zeitschrift. Um sechs Uhr fuhr eine Autodroschke in die Gasse herein und hielt vor der Haustür seiner Wohnung. Der Chauffeur, ein beleibter, bärtiger Mann, blickte ratlos auf und ab und suchte nach einer Nummer; einer der beiden Detektive, die das Haus ständig beobachteten, kam wie zufällig über die Straße zu ihm herüber.

„Na, Kamerad, Sie wollen wohl eine Nummer finden?“ fragte er.

„Nr. 43 suche ich,“ sagte der Fahrer.

„Das ist hier,“ sagte der Beamte.

Er sah den Chauffeur klingeln, und nachdem er beobachtet hatte, daß er hineingegangen und die Türe hinter ihm geschlossen worden war, bummelte er zu seinem Kollegen zurück. „George wird wohl eine kleine Autofahrt machen,“ sagte er; „wollen wir sehn, wo er hinfährt?“

Der Mann, der auf der andern Straßenseite gewartet hatte, nickte.

„Ich glaube nicht, daß er irgendwohin fahren wird, wohin es sich verlohnt, ihm zu folgen, aber um die Ecke herum habe ich einen Wagen bereitstehen.“

„Ich werde ihm nachfahren,“ sagte der zweite Mann bitter. „Haben Sie gehört, was Inspektor Whitling von der City-Polizei gestern abend über mich gesagt hat?“

Der erste Detektiv zeigte reges Interesse.

„Nein, aber ich würde es gern hören.“

„Nun," begann der Mann, aber dann besann er sich eines Besseren. Es gereichte ihm nicht gerade zur Ehre, daß er einen Mann drei Stunden lang beobachtet hatte und daß sein Opfer die ganze Zeit über sich bewußt war, daß er bewacht würde.

„Hallo!" sagte er, als sich die Tür von Nr. 43 öffnete, „da ist unser Mann."

Er warf einen raschen Blick die Straße entlang und sah, daß sein für diesen Zweck gemietetes Auto bereit stand.

„Da kommt er," sagte er, aber es war nicht der erwartete Mann. Der bärtige Chauffeur kam allein heraus, winkte zum Abschied jemandem im Treppenflur zu, den man nicht sehen konnte, und nachdem er seinen Motor mit großer Bedächtigkeit angekurbelt hatte, nahm er seinen Sitz ein und das Auto rollte langsam fort.

„George geht also nicht aus," sagte der Detektiv. „Das bedeutet, daß wir noch ein oder zwei Stunden länger hier stehn müssen – dort sieht man sein Licht."

Vier lange Stunden blieben sie noch auf ihrem Posten und unaufhörlich ruhte mindestens ein Augenpaar auf der einzigen Türe, durch welche George Wallis herauskommen konnte. Es gab keine andre Möglichkeit, das Haus zu verlassen, dessen waren sie sicher.

Hinter dem Hause war eine hohe Mauer, und falls der Mann nicht im Einverständnis mit der Hälfte der ehrbaren Hausbewohner nicht nur dieser Gasse, sondern auch der Charing Croß-Straße stand, konnte er nach menschlicher Berechnung seine Wohnung nicht anders verlassen.

Um halb elf Uhr kam das gleiche Auto wieder an der Haustür vorgefahren und der Chauffeur wurde eingelassen. Augenscheinlich rechnete er nicht mit einem langen Aufenthalt, denn er stellte den Motor nicht ab; tatsächlich hatte er seinen Wagen kaum länger als dreißig Sekunden allein stehn lassen. Er kam fast unverzüglich zurück, kletterte auf seinen Sitz und fuhr davon.

„Ich frage mich, was das zu bedeuten hat," sagte der Detektiv etwas verdutzt.

„Er hat irgendwo eine Bestellung machen müssen," entgegnete der andere. „Ich glaube, wir hätten es auskundschaften sollen."

Zehn Minuten später kam Inspektor Goldberg von Scotland Yard in der Straße vorgefahren und sprang gegenüber den beiden Männern aus seinem Wagen.

„Ist Wallis zurückgekehrt?" fragte er rasch.

„Zurückgekehrt?" wiederholte der verblüffte Detektiv, „er ist noch gar nicht ausgegangen."

„Nicht ausgegangen?" wiederholte der Inspektor baff. „Ein Mann, auf den seine Personalbeschreibung paßt, wurde vor einer halben Stunde gesehn, als er aus der City-Filiale der Goldschmiedinnung herauskam. Der Tresor ist erbrochen und Juwelen im Werte von zwanzigtausend Pfund sind gestohlen."

Einen Moment herrschte Schweigen.

„Nun, Sir," sagte der Unterbeamte mürrisch, „eine Sache kann ich beschwören, nämlich daß George Wallis dieses Haus heute abend nicht verlassen hat."

„Das stimmt, Sir," sagte der zweite Mann. „Der Sergeant und ich haben unsern Posten nicht verlassen, seit Wallis heimgekommen ist."

„Aber," sagte der bestürzte Inspektor, „es muß Wallis sein. Kein andrer könnte die Sache so ausgeführt haben als er."

„Er kann es nicht gewesen sein," beharrte der Beobachter.

„Aber wer, um des Himmelswillen, hat dann sonst die Tat verübt?" stieß der Inspektor hervor.

Seine Untergebenen enthielten sich klugerweise einer Mutmaßung.

8. Die junge Frau, die ihren Mann nicht liebt

Herr Warrell, von der Firma Warrell & Bird, tat sich etwas darauf zugute, ein Mann von Welt zu sein; in gelegentlichen leichten

Anwandlungen von Ruhmredigkeit, in die ja auch ehrbare Herren mittleren Alters manchmal verfallen, gab er zu verstehen, daß er sich schon in einigen sehr heiklen Situationen befunden habe. Er hatte dabei durchblicken lassen, daß ihm die Art und Weise, wie er aus diesen Situationen hervorgegangen sei, nicht zur Unehre gereichte.

Jeder Börsenmakler, der ein bekanntes Geschäft in großem Maßstabe betreibt, sieht sich früher oder später vor die peinliche Aufgabe gestellt, einem ungeduldigen und waghalsigen Spekulanten die Eröffnung machen zu müssen, daß er sein Vermögen zu rasch und unvorsichtig angelegt habe.

Herr Warrell hatte schon früher Gelegenheit gehabt, der Überbringer unerfreulicher Nachrichten von Frau Cathcarts Mißerfolgen sein zu müssen; er besorgte es immer auf die denkbar schonendste Weise. Aber nie zuvor hatte er sich angesichts einer Situation gesehen, die soviel Möglichkeiten unangenehmer Folgen in sich barg als die, die ihm jetzt bevorstand.

Cole empfing ihn mit steinerner Miene, sein Gesicht zog sich in die Länge, weil er die Bedeutung dieses Besuches kannte; auf jene geheimnisvolle Weise, mit der Diener die tiefsten Geheimnisse ihrer Herrschaften zu erraten vermögen, hatte er in Erfahrung gebracht, daß auf das Erscheinen von Herrn Warrell gewöhnlich eine Zeit sparsamer Einschränkungen und Umänderungen des Haushaltes folgte.

„Die gnädige Frau wird Sie sofort empfangen," meldete er bei seiner Rückkehr.

Einige Minuten später rauschte Frau Cathcart ins Empfangszimmer herein. Ihr Gesicht trägt einen etwas härteren Ausdruck als gewöhnlich, dachte Herr Warrell und wunderte sich, weshalb.

„Nun Warrell," sagte sie kurz. „Welche teuflischen Machenschaften haben Sie wieder hierhergeführt? Nehmen Sie Platz, bitte."

Er setzte sich bedächtig nieder; seinen Hut stellte er auf den Boden, und langsam die Handschuhe ausziehend, legte er sie mit übertriebener Sorgfalt in das Seidenfutter des Hutes.

„Was gibt es?“ fragte Frau Cathcart ungeduldig. „Sind die Canadian Pacifics wieder gefallen?“

„Sie sind leicht gestiegen,“ erwiderte Herr Warrell mit einem Lächeln, das zugleich versöhnlich wirken und schmeicheln sollte. „Ich glaube, Ihre Einschätzung der Canadian Pacifics ist ganz die richtige.“

Er wußte, daß Frau Cathcart sonst nichts mehr schätzte als Anerkennung ihrer Urteilsfähigkeit, aber jetzt achtete sie nicht auf die Schmeichelei, da es ihr klar war, daß er nicht den ganzen Weg von der Throgmorton-Straße hergemacht habe, um ihr Liebenswürdigkeiten über ihren Scharfsinn zu sagen.

„Ich will alles sagen, was ich auf dem Herzen habe,“ fuhr Herr Warrell fort, indem er seine Worte vorsichtig abwog und sich bemühte, mit Hilfe eines gezwungenen Lächelns auf taktvolle Weise seine Offenherzigkeit auszudrücken. „Sie schulden uns etwa siebenhundert Pfund, Frau Cathcart.“

Sie nickte.

„Sie haben reichliche Sicherheiten dafür,“ erwiderte sie.

„Das weiß ich wohl,“ stimmte er bei und blickte zur Decke hinauf, „aber die Sache ist die, ob Sie geneigt sind die Differenz, die wir guthaben, in bar auszugleichen.“

„Davon kann überhaupt keine Rede sein,“ sagte sie schroff, „soweit ich in Betracht komme, kann ich keine siebenhundert Schilling aufbringen.“

„Angenommen,“ schlug Herr Warrell, immer noch mit den Augen an der Decke, vor, „angenommen, ich wüßte jemanden, der bereit wäre, Ihren Halsschmuck zu kaufen – ich denke, das war der Gegenstand, den Sie bei uns hinterlegt haben – und zwar um tausend Pfund?“

„Er ist bedeutend mehr wert,“ sagte Frau Cathcart scharf.

„Möglicherweise," sagte der andere, „aber ich möchte die Sache nicht gerne in die Zeitung kommen lassen."

Er hatte die Bombe platzen lassen.

„Was wollen Sie eigentlich damit sagen?" fragte sie ungeduldig und stand auf. Sie blickte finster auf ihn herab.

„Verstehen Sie mich nicht falsch," sagte er hastig. „Ich werde es mit einem Satz erklären. Ihr Diamantenhalsband ist aus meinem Tresor gestohlen worden."

„Gestohlen!"

Sie wurde weiß vor Schreck.

„Ja, gestohlen," sagte Herr Warrell, „von einer Einbrecherbande, die ihre Tätigkeit schon seit zwölf Monaten in der City ausübt. Sie sehen, meine liebe Frau Cathcart," fuhr er fort, „das ist für uns beide eine sehr peinliche Situation. Ich möchte meine Kunden nicht wissen lassen, daß ich von Damen Juwelen als Pfand für Fehlbeträge annehme, und Sie," er war hartherzig genug, seine Worte nachdrücklich zu betonen, „stelle ich mir wenigstens vor, haben kein Verlangen danach, daß Ihre Freunde etwas von der Zwangslage erfahren, die Sie Ihre Juwelen bei mir hat hinterlegen lassen." Er zuckte die Achseln. „Selbstverständlich hätte ich die Sache der Polizei berichten und eine Beschreibung des Halsschmuckes veröffentlichen lassen können, und hätte möglicherweise den Verlust von einer Versicherungsgesellschaft ersetzt bekommen, aber das liegt nicht in meiner Absicht."

Dieser gute Geschäftsmann hätte hinzufügen können, daß seine Versicherungspolice einen solchen Verlust nicht gedeckt hätte; denn bei der Festsetzung der Versicherungsprämien für die eventuellen Verluste eines Maklerbureaus sieht man normalerweise nicht die Möglichkeit eines Juwelendiebstahls vor.

„Ich bin bereit, den Verlust auf mich zu nehmen," fuhr er fort. „Das heißt, ich bin bereit, innerhalb vernünftiger Grenzen die Sache aus meiner eigenen Tasche gutzumachen, ebensosehr in meinem Interesse wie in dem Ihrigen. Andernfalls, wenn Sie auf meinen Vorschlag nicht eingehn, bleibt mir nichts andres übrig, als die Geschichte sehr, sehr ausführlich, sehr ausführlich," er wiederholte das Wort eindringlich, „der Polizei und der Presse zu berichten. Nun, was meinen Sie dazu?"

Wahrheitsgemäß hätte Frau Cathcart gestehen müssen, sie wisse nicht, was sie davon halten solle.

Der Halsschmuck hatte hohen Wert, und dann kamen noch andere Erwägungen in Betracht.

Herr Warrell dachte offenbar an seinen ideellen Wert, denn er fuhr fort:

„Aber in Anbetracht der Tatsache, daß Juwelen dieser Art einen besonderen Wert für die Familie haben, möchte ich den Gedanken anregen, ob nicht Ihr neuer Schwiegersohn vielleicht den Verlust ersetzen könnte."

Sie wandte sich mit einem harten Lächeln zu ihm.

„Mein neuer Schwiegersohn," höhnte sie, „guter Gott!"

Warrell kannte Standerton und betrachtete ihn als einen der Günstlinge des Schicksals, über dessen finanzielle Sicherheit kein Zweifel bestehn konnte.

Der verächtliche Ausdruck in der Stimme der Frau bestürzte ihn, wie nur ein Citymann durch ein Tuscheln gegen die Zuverlässigkeit eines bombensicheren Papiers sich bestürzen läßt.

Für einen Augenblick vergaß er den Zweck seines Besuches.

Er hätte sie gern um eine Erklärung gebeten, doch fühlte er, es gehöre nicht in den Geschäftsbereich von Frau Cathcarts Makler, Mitteilungen über ihre Familienangelegenheiten zu erbitten.

„Es ist eine recht üble Geschichte, in die Sie mich da hineingebracht haben, Herr Warrell," sagte sie und erhob sich.

Er stand gleichfalls auf, nahm seinen Hut auf und brachte seine versenkten Handschuhe wieder ans Tageslicht.

„Es ist wirklich sehr peinlich,“ sagte er, „schrecklich peinlich für Sie und ebenso schrecklich peinlich für mich, meine liebe Frau Cathcart. Sicher werden Sie Mitleid mit meiner heiklen Lage haben.“

„Ich habe Ursache genug, mich selbst zu bemitleiden,“ sagte sie kurz.

Nach dem Weggang des Maklers blieb sie allein im Empfangszimmer sitzen.

Was sollte sie tun? Denn etwas wußte Warrell nicht, nämlich, daß das Halsband nicht ihr gehörte. Der alte Oberst hatte es für seine Tochter neu fassen lassen und es ihr in seinem Testament vermacht.

Ein Familienkreis, der nur aus Mutter und Tochter besteht, verfügt meist gemeinsam über das vorhandene Eigentum, während dies bei Familien größeren Umfangs etwas sonderbar erscheinen würde. Obwohl Edith wußte, daß der Schmuck ihr gehöre, hatte sie nie etwas dabei gefunden, wenn ihre Mutter ihn trug, und hatte auch nie nur eine Andeutung gemacht, daß sie ihn lieber dem bescheidenen Bestand ihrer Schmucksachen in ihrer eigenen Kassette einverleibt hätte.

Jedoch hatte er immer als ›Ediths Halsschmuck‹ gegolten.

Frau Cathcart hatte ihn selbst immer so bezeichnet und deshalb war ihr die Halsbandangelegenheit und seine Verwahrung durch den Börsenmakler eine unbehagliche Beigabe zu ihrer Entfremdung.

Frau Cathcart zuckte die Achseln; da war nichts zu machen, sie mußte sich auf ihr Glück verlassen. Sie konnte sich nicht vorstellen, daß Edith das Schmuckstück je vermissen würde. Aber da ihr Gatte nun einmal arm war, und sie dem Mann gegenüber von diesem dummen Pflichtgefühl besessen war, so bestand immerhin die Möglichkeit, daß sie einfach aus dem überspannten Wunsch heraus, ihrem Mann zu helfen, über den Verbleib des Halsbandes Fragen stellen würde. Aber das sah Edith nicht ähnlich, dachte Frau Cathcart dann wieder; mit diesem beruhigenden Gedanken ging sie die Treppe hinauf nach ihrem Zimmer.

Auf halbem Wege blieb sie stehen, um die Zofe mit der eben eingelaufenen Post abzuwarten. Mit einem leichten Zusammenzucken erkannte sie auf dem obersten Brief die Handschrift ihrer Tochter und riß den Umschlag auf. Der Brief war kurz.

„Liebe Mutter!“ las sie.

„Würdest du so freundlich sein, mir das Halsband zukommen zu lassen, das mir von Vater vermacht wurde. Ich habe das Gefühl, daß ich mich, wenn auch nur im Interesse meines Mannes, wieder etwas in der Gesellschaft zeigen muß.“

Der Brief fiel Frau Cathcart aus der Hand. Wie festgewurzelt stand sie auf der Treppe.

Edith Standerton überflog noch einmal prüfend die gedeckte Tafel für den Lunch, als ihr Gatte eintrat. Das Leben in dem Hause in St. Johns Wood spielte sich in eigentümlichen Formen ab.

Keinem der beiden jungen Leute wäre es möglich erschienen, daß sie so Zusammenleben könnten, wie es jetzt tatsächlich der Fall war: in vollkommener Eintracht, in Sympathie, doch anscheinend ohne jegliche Liebes- oder Zärtlichkeitsäußerung von beiden Seiten.

Der Vergleich mit Bruder und Schwester hätte ihre Freundschaft kaum richtig gekennzeichnet. Dazu fehlten ihnen das gegenseitige Vertrautsein und die gemeinsamen Interessen, die sonst Bruder und Schwester haben. Auch ging ihnen eine genauere Kenntnis der gegenseitigen Fehler und Tugenden ab.

Sie waren einander fremd, und jeder Tag brachte dem einen eine neue Erkenntnis über den andern. Gilbert machte die Erfahrung, daß dieses stille Mädchen, dessen schwermütige graue Augen auf ein großes Leid schließen ließen, Sinn für Humor hatte, bei der geringsten Gelegenheit lachen konnte und eine hervorragend gute Menschenkenntnis an den Tag legte.

Andrerseits entdeckte sie in ihm eine unerwartete Lebenskraft und eine Zähigkeit in Verfolgung seiner Pläne, die sie vor ihrer Verheiratung nie an ihm bemerkt hatte. Auch konnte er bei den nicht sehr häufigen

Gelegenheiten, wo sie allein beisammen waren, recht unterhaltsam sein. Er war ein weitgereister Mann, der Persien, Arabien und wenig bekannte Länder Ostasiens gesehen hatte.

Sie spielte nie wieder auf die Geschehnisse jenes schrecklichen Hochzeitsabends an. In diesem Punkte bewegten sich ihre Mutmaßungen vielleicht in einer falschen Richtung. Sie hatte eine Geigenspielerin mit einem außergewöhnlich schönen Gesicht gesehn und vielleicht auf diesen Begleitumstand doch zuviel Gewicht gelegt. Irgendwo im Herzen ihres Gatten lag ein Geheimnis verborgen; die Art dieses Geheimnisses konnte sie nur ahnen. Sie vermutete, daß es irgendwie mit einer Frau in Zusammenhang stünde –, hierin kam ihre Weiblichkeit zum Ausdruck.

Sie hegte deswegen keine unwilligen Gefühle, weder gegen ihren Mann noch gegen die Unbekannte, die auf den zitternden Saiten ihrer Geige eine Botschaft gesandt hatte.

Es war nur, sagte sie sich, ›seltsam.‹ Da sie neugierig war wie alle gesunden jungen Menschenkinder, wollte sie wissen, wie die Sache zusammenhing. Mochte die Enthüllung ihr Ärgernis erregen und sie mit unauslöschlicher Verachtung gegen den Mann erfüllen, dessen Namen sie trug, so wollte sie doch in Erfahrung bringen, was es war.

Nach einiger Zeit fühlte sie sich auch etwas gekränkt, daß er irgendwelche Geheimnisse vor ihr haben könnte – in Anbetracht ihrer eigentümlichen Beziehungen war das eine sonderbare Gemütsanwandlung, und doch eine recht begreifliche.

Obgleich die beiden nicht das innige besondere Verhältnis von Mann und Frau verband, hatte sich doch zwischen ihnen eine Freundschaft entwickelt, die nach der Auffassung der jungen Frau – und sie hing an diesem Glauben – eine bessere Gewähr für Beständigkeit bot als eine Ehe im üblichen Sinn. Es war ein Kameradschaftsverhältnis, bei dem manches als selbstverständlich vorausgesetzt wurde; sie nahm als gegeben an, daß er sie liebte; und das war ihr beim Eingehen der Ehe als etwas sehr Wichtiges erschienen. Es gab eine sichere Grundlage für eine Freundschaft mit jeder Frau.

Er seinerseits war von der Überzeugung durchdrungen, daß ihr Wesen über jeden Trug erhaben und von seltenem Freimut sei, wenn ihn auch ihre Aufrichtigkeit fast tödlich schmerzte. Er vermeinte darin eine ungewöhnliche Achtung gegen ihn zu entdecken, obwohl er sich bei objektiverer Betrachtung wieder entgegenhielt, daß sie jedem andern Mann gegenüber ebenso ehrlich verfahren wäre.

Edith durchwob diese Freundschaft mit einem besonderen Schimmer geschlechtsloser Romantik – in der Geschlechtslosigkeit glaubte sie die Erfüllung eines Ideals zu erblicken, dem das sehnsüchtige Streben der Jugend aller Zeiten gegolten hat, ohne daß es irgendwann von überzeugendem Erfolg gekrönt worden wäre.

Es gibt keinen Mann und keine Frau auf der Welt, die nicht glauben, diese Möglichkeit sei unter Millionen ihm oder ihr Vorbehalten; es gibt kein so kleinmütiges Menschengeschöpf, das sich nicht dem Wahne hingibt, zu seinen Gunsten machten die allgemein gültigen Weltgesetze eine Ausnahme.

Mag Plato mit seiner Ansicht über die Freundschaft längst widerlegt sein, mögen seine Anschauungen hoffnungslos und für immer verdorrt und sich vor dem Feuer der natürlichen Liebe in Dunst aufgelöst haben; mögen tausend Zeugen sich erheben, um die Sinnlosigkeit der Freundschaft zwischen zwei Leuten verschiedenen Geschlechts zu bekräftigen –, immer wird es ein ›Du‹ und ein ›Ich‹ in der Welt geben, das der Erfahrung trotzt und mit der erhabenen Zuversicht austritt, beweisen zu können, wie anders der Erfolg bei ihm sein wird, als er allen früheren Versuchen beschieden war.

Sie sagte sich selbst: wenn auch nur der leiseste Funken von Liebe zu diesem jungen Mann in ihr wäre, der so plötzlich in ihr Leben getreten war und gewissermaßen ebenso unvermittelt sich daraus zurückgezogen hatte, aber nur, um in einer andern Gestalt wiederzukehren; wenn in ihrem Herzen auch nur das geringste Glimmen jenes Gefühls, das man Liebe nennt, zu spüren gewesen wäre, dann wäre sie eifersüchtig gewesen, wenn auch nur ein bißchen eifersüchtig, auf die Interessen, die ihn ihr jeden Abend entzogen und ihn oft erst nach Hause kommen ließen, wenn graue Dämmerung das Blau im Osten verfärbte.

Sie hatte ihm einmal vom Fenster aus nachgesehn und unbestimmte Zweifel gefühlt, was er in der Nacht draußen zu tun hätte.

Suchte er Erholung von einer unerträglichen Lage? Er machte nie den Eindruck, als sei es ihm unerträglich. Dieser Gedanke beruhigte sie.

Gab es – jemand anderen?

Bei dieser Frage zog sie die Augenbrauen zusammen, sie, die Frau, die nichts von Liebe wußte.

Einmal ertappte sie sich zu ihrem heftigen Erstaunen dabei, daß ihr bei solchen Gedanken beinahe die Tränen kamen. Sie machte die ganze Stufenleiter der Gefühle zwischen Zweifel und Klarheit, zwischen Empörung und Zerknirschung durch, die auch eine junge Frau unter glücklicheren Verhältnissen hätte erleben können.

Wer war die Geigenspielerin mit dem schönen Gesicht? Welche Rolle spielte sie in Gilberts Leben?

Eine Sache hatte sie in Erfahrung gebracht: ihr Mann spekulierte auf der Börse. Zuerst wollte es ihr nicht recht einleuchten, daß er etwas so Gewöhnliches tun könne. Sie hatte immer einen Mann in ihm gesehn, dem gemeines Geldraffen widerwärtig war. Seine Stellung am Auswärtigen Amt hatte er aufgegeben und war nun an irgendeinem Geschäft beteiligt, über das nicht gesprochen wurde. Sie hatte sich mancherlei Gedanken gemacht; aber bevor sie den Vertragsabschluß eines Börsenmaklers auf seinem Schreibtisch entdeckte, wäre ihr nie der Verdacht gekommen, Erfolge auf der Börse könnten das Ziel seines Ehrgeizes bilden.

Bei diesem Abschluß schien es sich um ein Riesengeschäft zu handeln.

Aktien im Werte von Zehntausenden waren da aufgeführt. Sie verstand sehr wenig von Börsengeschäften und erinnerte sich nur mancher Vormittage, an denen ihre Mutter infolge ihrer Verluste unausstehlich gewesen war. Da kam es ihr in den Sinn, daß sie, wenn er ein

Geschäftsmann sei – eine unbestimmte, nichtssagende Bezeichnung – selbst etwas mehr leisten könne, als nur zu Hause zu sitzen und der Dienerschaft Anweisungen zu geben.

Sie könnte ihm auch noch auf andere Weise nützlich sein. Geschäftsleuten kommt es zu statten, wenn sie Diners veranstalten oder geschickte Einladungen zu einer Abendgesellschaft nach dem Theater geben; und manche Männer hatten ihre Erfolge ihren Frauen zu verdanken, die sich auf diesem Gebiete klug zu betätigen verstanden.

Das war ein guter Gedanke. Sie nahm eine Generalmusterung ihrer Garderobe vor und gab den Brief zur Post, der den Seelenfrieden ihrer Mutter so vollends zerstörte.

Als Gilbert, der den ganzen Vormittag fort gewesen war, aus der City heimkam, sah er ziemlich müde aus.

Ein gegenseitiges Zulächeln, ein wenig gezwungen und kalt auf der einen Seite, etwas sinnend und traurig auf der andern, war zur üblichen Art ihrer Begrüßung geworden; dazu kam noch die Frage: ›Hast du gut geschlafen?‹; diese originelle Frage blieb jeweils dem von beiden Vorbehalten, der zuerst daran dachte.

Sie waren mitten im Essen, als sie plötzlich fragte:

„Wäre es dir recht, wenn wir ein Diner geben würden?“

Er blickte erstaunt auf.

„Ein Diner?“ wiederholte er ungläubig; dann, als er ihr enttäuschtes Gesicht sah und sich klar wurde, daß sie vielleicht ein Opfer bringen wollte, fügte er hinzu: „Ich meine, das ist eine ausgezeichnete Idee. Wen würdest du gern einladen?“

„Wer zu deinen Freunden gehört,“ sagte sie, „diesen recht netten Herrn Frankfort und – wen noch?“ fragte sie.

Er lächelte ein bißchen grimmig.

„Ich glaube, mit diesem recht netten Herrn Frankfort ist die Zahl meiner Freunde schon erschöpft," sagte er mit einem leichten Lachen. „Wir könnten noch Warrell bitten."

„Wer ist Warrell? Oh, ich weiß," sagte sie rasch, „er ist Mutters Makler."

Er schaute sie neugierig an.

„Der Makler deiner Mutter?" wiederholte er gedehnt, „wirklich?"

„Warum?" fragte sie.

„Wieso warum?" wich er aus.

„Weshalb hast du das so eigentümlich gefragt?"

„Ich war mir dessen nicht bewußt," sagte er leichthin, „nur kann man sich deine Mutter nicht recht in Verbindung mit einem Börsenmakler vorstellen. Doch vermutlich braucht sie in diesen Zeiten einen Agenten. Du mußt wissen, er ist auch mein Makler."

„Wen sonst noch?" fragte sie.

„Soweit meine Beziehungen in Betracht kommen," sagte er mit spöttischem Ernst, „fällt mir niemand mehr ein. Wie wäre es mit deiner Mutter?" – – –

„Ich könnte ein oder zwei nette Leute einladen," fuhr sie fort, ohne auf seinen Vorschlag zu achten.

„Wie wäre es mit deiner Mutter?" sagte er wiederum.

Mit Tränen in den Augen blickte sie zu ihm auf.

„Bitte, sei nicht so schrecklich!" sagte sie. „Du weißt, daß es unmöglich ist."

„Aber durchaus nicht," antwortete er heiter. „Ich habe den Vorschlag allen Ernstes gemacht; ich halte ihn für sehr gut. Schließlich besteht gar keine Veranlassung, um diese dumme Entzweiung weiter bestehn zu lassen. Ich gebe zu, ich hatte sehr bittere Gefühle gegen sie; aber damals fühlte ich sogar bitter gegen dich."

Er sah sie nicht unfreundlich an.

„Die Bitterkeit verschwindet allmählich,“ sagte er.

Obwohl er die junge Frau anblickte, sprach er mehr zu sich selbst.

Es schien ihr, als suche er sich von etwas zu überzeugen, an das er nicht recht glaubte.

„Es ist merkwürdig,“ sagte er, „wie Kleinigkeiten, kleine Sorgen und unbedeutende Anlässe zum Unglücklichsein in nichts zerrinnen angesichts eines wirklich großen Kummers.“

„Was ist dein großer Kummer?“ fragte sie, rasch die günstige Gelegenheit erfassend, die er ihr in diesem unbewachten Augenblick gegeben hatte.

„Ich habe keinen,“ sagte er. Sein Ton war etwas lauter als gewöhnlich, fast trotzig. „Ich spreche nur im allgemeinen.“

„Ich habe keinen Kummer, außer den unbestreitbaren Lebenssorgen,“ fuhr er fort. „Eine kurze Zeitlang warst du ein Kummer für mich, aber nun bist du es nicht mehr.“

„Ich bin froh, daß du das sagst,“ erwiderte sie sanft. „Ich will wirklich auf freundschaftlichem Fuß mit dir stehn, Gilbert – ich will dir wirklich ein guter Freund sein. Ich fürchte, ich habe ziemlich viel Unheil in deinem Leben angerichtet.“

Sie hatte sich vom Tisch erhoben und blickte stehend auf ihn herab.

Er schüttelte den Kopf.

„Ich glaube nicht,“ sagte er. „Jedenfalls nicht solch ein Unheil, wie du dir einbildest. Andre Umstände haben sich verschworen, zunichte zu machen, was wie eine schöne Zukunft aussah. Es ist sehr betrüblich, daß unsre Ehe sich nicht ganz als das erwiesen hat, was ich mir erträumt hatte; aber schließlich sind Träume keine sehr sicheren Grundlagen für einen Lebensbau. Du kannst dir wohl nicht vorstellen, daß ich ein Träumer war, nicht wahr?“ sagte er rasch mit dem ihm eigenen Lächeln, wobei sich in seinen Augenwinkeln feine Fältchen zeigten. „Du kannst dir mich nicht als Romantiker vorstellen, obwohl ich, fürchte ich, einer war.“

„Einer bist, willst du sagen," verbesserte sie.

Darauf erfolgte keine Antwort mehr.

Die Frage des Diners kam später noch einmal zur Sprache, als er sich anschickte auszugehn.

„Du bleibst wohl nicht gerne noch ein bißchen da, um es mit mir durchzusprechen," schlug sie ein wenig schüchtern vor.

Er zauderte.

„Ich würde nichts lieber tun," sagte er, „aber –" er schaute auf seine Uhr.

Sie preßte ihre Lippen zusammen und fühlte einen Augenblick lang, wie eine unbegreifliche Welle von Zorn sie durchflutete.

Es war unsinnig, natürlich, denn er ging immer zu dieser Zeit fort und es lag wirklich keine Veranlassung vor zu bleiben.

„Wir können ein andermal darüber reden," sagte sie kalt und verließ ihn ohne ein weiteres Wort.

Er wartete, bis er die Tür zu ihrem Zimmer oben sich schließen hörte, dann ging er fort mit einem leichten Lächeln, das eher Tränen als Heiterkeit verriet.

Er ging in einem günstigen Moment aus dem Hause; hätte er noch fünf Minuten gewartet, so wäre er mit seiner Schwiegermutter zusammengetroffen.

Frau Cathcart hatte sich dazu entschlossen, ›ihr Herz auszuschütten‹, und war persönlich gekommen, um das Geständnis zu machen. Das Schicksal meinte es gut mit ihr, sagte sie sich, weil es Gilbert aus dem Wege geräumt hatte; daß er fort war, merkte sie nach den ersten paar Minuten, und sie entdeckte es auf die sehr einfache Weise, daß sie Gilberts Diener fragte, ob sein Herr zu Hause sei.

Edith vernahm die Ankunft ihrer Mutter, ohne überrascht zu sein. Sie nahm an, Frau Cathcart sei gekommen, um den Halsschmuck seiner rechtmäßigen Besitzerin auszuhändigen. Als sie die Treppe hinabging, um ihre Mutter zu begrüßen, fühlte sie leichte Gewissensbisse; war sie mit ihrem Verlangen nicht unnötig schroff gewesen! Sie war eine zartempfindende Seele und hegte die gebührenden, natürlichen Gefühle für die ältere Frau. Die Befürchtung, sie könnte ihr Herz tief gekränkt haben, und diese Kränkung könnte bei der Unterredung zum Ausdruck kommen, verursachte ihr etwas Unbehagen, als sie die Tür zum Empfangszimmer öffnete.

Frau Cathcart war ein Muster von kühler Gelassenheit. Man hätte nicht geglaubt, daß es jemals zwischen den beiden Frauen zu einer Szene gekommen sei, an die man sich nur ungern erinnern mochte. Es wurden keinerlei Anspielungen auf die Vergangenheit gemacht, worüber Edith sehr froh war.

Es lag nicht in ihrer Absicht, mit ihrer Mutter auf schlechtem Fuß zu stehn. Sie konnte sich nur zu gut in ihre Lage versetzen und wußte, woraus ihre beiderseitige Entfremdung stammte; aber es würde nur besser für sie beide sein, wenn sie einigermaßen den Anschein freundlicher Beziehungen aufrecht erhielten.

Frau Cathcart ging direkt auf ihr Ziel los.

„Du kannst dir wohl denken, warum ich dich besuche," sagte sie nach der ersten Begrüßung.

„Ich vermute, du bringst mir den Halsschmuck," sagte die junge Frau lächelnd. „Du findest es doch nicht sehr häßlich von mir, daß ich darum gebeten habe, aber ich habe das Gefühl, ich muß etwas für Gilbert tun."

„Ich meine, du hättest dir vielleicht einen andern Zweck für deinen ersten Brief aussuchen können," sagte die ältere Frau bissig. „Aber um so – –"

Edith gab keine Antwort. Es hatte keinen Sinn, mit ihrer Mutter zu rechten.

Frau Cathcart besaß eine Eigenschaft, welche unter all den menschlichen Charakterzügen durchaus nichts Seltenes ist, nämlich die Eigenschaft, andre Leute ins Unrecht zu setzen.

„Aber um so mehr tut mir leid," nahm Frau Cathcart wieder den Faden ihrer Rede auf, „daß ich nicht in der Lage bin, dir deinen Halsschmuck zu bringen."

Die junge Frau starrte ihre Mutter verwundert an.

„Wieso? Was meinst du eigentlich damit, Mutter?" fragte sie.

Frau Cathcart wich ihren Blicken absichtlich aus.

„Ich habe Verluste an der Börse gehabt," sagte sie. „Ich nehme an, du weißt, daß dein Vater uns gerade so viel hinterlassen hat, um zu hungern, und daß alles, was du an Luxus und Behagen genossen hast, meinen persönlichen Anstrengungen zu verdanken war? Ich habe eine Masse Geld an den kanadischen Pacifics verloren," sagte sie offen.

„Nun, was weiter?" fragte die junge Frau neugierig, was als nächstes folgen würde, und auf das Schlimmste gefaßt.

„Ich habe bei einer Maklerfirma einen Verlust von siebenhundert Pfund gehabt," fuhr Frau Cathcart fort, „und habe deinen Halsschmuck als Pfand bei der Firma hinterlegt."

Die junge Frau holte tief Atem.

„Ich hatte natürlich die Absicht, es wieder auszulösen, aber nun ist etwas Unglückseliges passiert – der Tresor wurde erbrochen und das Halsband gestohlen."

Edith Standerton blickte ihre Mutter starr an.

Wenn ihr auch der Verlust des Halsbandes an sich nicht allzu großen Kummer machte, so wurde sie sich jetzt doch bewußt, daß es ihr wichtiger gewesen war, als sie gedacht hatte. Es hatte ihr als Notpfennig für schlechte Zeiten gegolten, die jeden Tag eintreten konnten, wenn Gilbert recht hatte.

„Da ist nichts zu machen," sagte sie.

Sie machte ihrer Mutter keine Vorwürfe und gab auch ihrer Meinung über die Ungehörigkeit, als Sicherheit für Schulden Gegenstände anzubieten, die jemand andrem gehören, keinen Ausdruck.

Jede Art von Kritik wäre unnütz und gar nicht der Mühe wert gewesen.

„Nun," sagte Frau Cathcart, „was sagst du dazu?"

Die junge Frau zuckte die Achseln.

„Was soll ich dazu sagen, Mutter? Der Schmuck ist verloren, man muß sich eben damit abfinden. Hat die Firma irgendeine Entschädigung angeboten?"

Sie fragte es harmlos; es fiel ihr nur so nebenbei ein, daß möglicherweise aus dem Schiffbruch etwas zu retten wäre.

Frau Cathcart warf ihr einen raschen Blick zu.

Hatte ihr dieser verdammte Warrell etwas mitgeteilt? Sie wußte, daß Warrell ein guter Bekannter von Ediths Mann sei. Es wäre sehr boshaft von ihm, wenn er es getan hätte.

„Eine Entschädigung wurde wohl in Aussicht gestellt," antwortete sie leichthin, „aber eine ganz unzulängliche; die Sache ist noch nicht erledigt, aber ich werde dich wissen lassen, wie sie sich entwickelt."

„Welche Entschädigung bieten sie an?" fragte Edith.

„Tausend Pfund," sagte Frau Cathcart nach einigem Zögern.

„Tausend Pfund!" Die junge Frau war höchlichst überrascht, sie hatte keine Ahnung, daß der Halsschmuck so wertvoll sei.

„Das heißt natürlich," beeilte sich Frau Cathcart zu erläutern, „siebenhundert Pfund aus meiner Tasche und dreihundert Pfund von dem Makler."

Die junge Frau lächelte innerlich. Siebenhundert Pfund aus meiner Tasche bedeutete, wenn du die volle Summe von mir haben willst, wirst du mich berauben.

„Dann blieben also noch dreihundert Pfund übrig. Ich glaube, ich werde mich damit zufrieden geben."

„Warte noch ein wenig," sagte Frau Cathcart, „vielleicht findet sich das Halsband auf irgendeine Weise wieder; man will eine Beschreibung davon veröffentlichen. Was meinst du dazu?"

Die junge Frau schüttelte den Kopf. „Ich glaube, das wäre mir nicht angenehm," sagte sie ruhig. „Es könnte zu Nachforschungen kommen, und ich möchte die Leute nicht gern wissen lassen, daß der Halsschmuck mein Eigentum war, und auch nicht, daß meine Mutter ihn als Pfand für ihre Schulden hinterlegt hatte."

Nichts konnte die neue Edith besser kennzeichnen. Frau Cathcart schaute sie verblüfft an.

„Edith," sagte sie streng, „das klingt ein bißchen unverfroren."

„Das mag wohl sein, Mutter," entgegnete die junge Frau, „aber was soll ich machen? Was soll ich sagen? Die Tatsachen liegen für dich und mich recht klar zutage: das Halsband ist gestohlen und wird möglicherweise nie wieder zum Vorschein kommen; auf die entfernte Aussicht hin, einen Juwelenschmuck, der jetzt wahrscheinlich schon seiner Steine beraubt im Schmelztiegel ist, wiederzuerlangen, werde ich weder meinen Verlust noch deine Schwäche der Öffentlichkeit preisgeben."

„Du weißt ja gut Bescheid über Juwelen und Juwelendiebe," sagte ihre Mutter etwas spöttisch. „Hat Gilbert deine Kenntnisse erweitert?"

„Ja, merkwürdigerweise hat er das getan," sagte ihre Tochter gelassen; „wir sprachen über mancherlei sonderbare Dinge."

„Da hast du wohl recht angenehme Abende mit ihm?" sagte die ältere Frau trocken. Sie erhob sich und schaute auf ihre Uhr. „Leider kann ich nicht länger bleiben," sagte sie, „ich bin zum Essen eingeladen. Ich nehme an, du wirst wohl nicht gerne mitkommen? Es ist eine ganz zwanglose Gesellschaft; tatsächlich warst auch du mit eingeladen."

„Und Gilbert?" fragte die junge Frau. Die andre lächelte.

„Nein, auf Gilbert erstreckte sich die Einladung nicht," sagte sie. „Ich habe es überall deutlich zu verstehn gegeben, daß ich Einladungen nur dann annehme, wenn dein Gatte nicht an der Gesellschaft teilnimmt."

Die junge Frau richtete sich straff auf und die ältere sah in ihren Augen ein Gewitter aufziehn.

„Ich verstehe dich nicht recht. Willst du damit sagen, daß du in London herumgegangen bist, um Unfreundlichkeiten über meinen Gatten zu verbreiten?“

„Natürlich habe ich das getan,“ sagte Frau Cathcart unverblümt. „Vom Herumgehn in London kann zwar keine Rede sein, aber ich habe es den Leuten gesagt, die zu meinen intimen Freunden gehören und natürlich ein Interesse für meine Angelegenheiten haben.“

„Du hast kein Recht, so etwas zu sagen,“ entgegnete die junge Frau empört. „Ich finde es unerhört von dir. Du hast einen Irrtum begangen und mußt die Folgen auf dich nehmen. Ich habe ebenfalls einen Irrtum begangen und ich nehme mein Geschick freudig auf mich. Wenn es dir weh tut, daß ich mit einem Mann verheiratet bin, der mich gering schätzt, wieviel weher wird es wohl mir ums Herz sein, glaubst du?“

Frau Cathcart lachte. „Ich versichere dir,“ entgegnete sie lächelnd, „daß zwar manche sorgenvollen Gedanken meine Nachtruhe stören, aber der Gedanke, daß dein Gatte keine besondere Liebe für dich empfindet, gehört nicht dazu; was mich mit einem scheußlichen Gefühl aus dem Schlafe schreckt, ist das Bewußtsein, daß er, statt ein reicher Mann zu sein, wie ich dachte, tatsächlich keinen roten Heller besitzt. Welcher Wahnsinn hat ihn dazu veranlaßt, seine Stellung am Auswärtigen Amt aufzugeben?“

„Das fragst du ihn besser selbst,“ sagte die junge Frau boshaft. „Er wird in wenigen Minuten da sein.“

Es bedurfte nur dieser Worte, um Frau Cathcarts Aufbruch zu beschleunigen, und Edith blieb allein zurück.

*

Edith speiste an diesem Abend allein. Anfänglich hatte sie diese einsamen Abendessen mit einem Gefühl unendlicher Erleichterung begrüßt. Sie war eine Frau mit scharfem Verstand und sah der Zukunft ohne Illusionen entgegen.

Sie konnte sich vorstellen, daß eine Zeit kommen würde, wo sie und Gilbert in vollkommener Eintracht zusammenleben würden, wenn auch ohne die wesentlichen engen Beziehungen, die Mann und Frau miteinander verbinden sollten. Sie war bereit, Jahre der Prüfung auf sich zu nehmen, und das fiel ihr um so leichter, wenn Geschäfte oder Vergnügungen während der peinlichen Stunden zwischen Abendessen und Schlafenszeit sie trennten.

Aber an diesem Abend zum erstenmal fühlte sie sich einsam.

Sie hatte Verlangen nach ihm und seiner Gesellschaft, seiner heiteren Lebenskraft.

Es gab Augenblicke, wo er strahlend glücklich und gesprächig war, so wie sie ihn in seinen besten Zeiten gekannt hatte. Aber es gab auch andre schreckliche und niederdrückende Momente, wo sie ihn nicht zu Gesicht bekam, wo er sich in seinem Arbeitszimmer einschloß und sie nur zufällig einmal einen kurzen Blick auf sein Gesicht werfen konnte. Abwechselnd lesend und nachdenkend saß sie beim Abendessen.

Ein Buch lag auf dem Tisch neben ihr, aber sie blätterte nicht weiter. Das Mädchen nahm eben die Vorspeise weg, als Edith Standerton erschreckt aufblickte.

„Was ist das?“ sagte sie.

„Was, gnädige Frau?“ fragte das Mädchen.

Draußen vor dem Fenster konnte Edith die Töne von Musik hören, einen einschmeichelnden sanften Rhythmus, eine leise klagende Trauermelodie.

Sie stand vom Tische auf, schritt zum Fenster hinüber und schlug die Läden zur Seite. Draußen spielte ein Mädchen auf der Geige. In dem Licht der Straßenlampe erkannte Edith in ihr die Spielerin der ›Melodie in F-Dur‹.

9. Edith lernt die Geigenspielerin kennen

Edith wandte sich zu dem wartenden Mädchen.

„Gehen Sie sofort hinaus und holen Sie das Mädchen herein!“ sagte sie ruhig.

„Was für ein Mädchen, gnädige Frau?“ fragte die erstaunte Zofe.

„Das Mädchen, das Geige spielt,“ entgegnete Edith. „Bitte, machen Sie rasch, sonst geht sie fort.“

Eine plötzliche Entschlossenheit, dieses Geheimnis aufzudecken, durchdrang sie. Wenn sie auch vielleicht eine ungehörige Handlung gegen ihren Gatten begehen würde, so beschwichtigte sie alle Befürchtungen in dieser Hinsicht mit der Erwägung, sie könnte ihm vielleicht auch einen Dienst erweisen.

Die Zofe kam nach wenigen Minuten zurück und führte ein Mädchen herein.

Ja, es war das Mädchen, das sie an ihrem Hochzeitsabend gesehn hatte. Im Rahmen der Tür stand es nun da und betrachtete mit freimütiger Neugier die Herrin des Hauses.

„Wollen Sie nicht näher treten?“ sagte Edith. „Haben Sie schon zu Abend gespeist?“

„Ich danke Ihnen vielmals,“ erwiderte das Mädchen, “wir essen gewöhnlich kein Abendbrot, aber ich habe reichlich zum Nachmittagstee gegessen.“

„Wollen Sie sich nicht ein Weilchen hinsetzen?“

Mit einer anmutigen Neigung des Kopfes nahm das Mädchen die Einladung an.

Ihre Stimme verriet keinerlei ausländischen Akzent, wie es Edith erwartet hatte. Sie war zweifellos Engländerin, und aus ihrem Ton sprach eine feinere Bildung, als Edith vorausgesetzt hatte.

„Sie wundern sich wohl, warum ich Sie habe holen lassen?" fragte Edith Standerton.

Das Mädchen zeigte lächelnd zwei Reihen weißer ebenmäßiger Zähne.

„Wenn man mich rufen läßt," erwiderte sie ironisch, „so geschieht es entweder, um mich für mein Spiel zu bezahlen oder mich zu bestechen, damit aufzuhören."

In ihren Augen lag aufrichtige Fröhlichkeit; ein Lächeln strahlte über ihr Gesicht und veränderte ihr ganzes Aussehen.

„Ich will beides tun," sagte Edith, „und außerdem möchte ich Sie noch etwas fragen: Kennen Sie meinen Mann?"

„Herrn Standerton," sagte das Mädchen und nickte. „Ja, ich habe ihn öfters gesehn und für ihn gespielt."

„Entsinnen Sie sich eines Abends im Juni," fragte Edith und ihr Herz schlug rascher bei der Erinnerung, „als sie unter diesem Fenster standen und eine gewisse" – sie zögerte – „eine gewisse Melodie spielten?"

Das Mädchen nickte bejahend.

„O ja," sagte sie überrascht, „natürlich erinnere ich mich an diesen besonderen Abend."

„Warum besonderen Abend?" fragte Edith rasch.

„Nun, Sie müssen wissen, daß in der Regel mein Großvater für Herrn Standerton spielt und an jenem Abend war er krank. Er hatte sich beim Rennen eine böse Erkältung zugezogen – wir wurden durch einen Gewitterregen bis auf die Haut naß, nachdem wir in Epsom gespielt hatten – und deshalb mußte ich hierherkommen und ihn vertreten. Ich hatte gar keine Lust, an jenem Abend auszugehn," gestand sie mit einem bitteren Lächeln, „und ich hasse die Melodie; aber es war geheimnisvoll und romantisch."

„Sagen Sie mir nur, was ›geheimnisvoll‹ und was ›romantisch‹ war," sagte Edith.

In diesem Augenblick wurde der Kaffee hereingebracht, und sie goß ihrem Besuch eine Tasse ein.

„Wie heißen Sie?“ fragte sie dann.

„May Wing,“ sagte das Mädchen.

„Nun, May, berichten Sie mir alles, was Sie wissen,“ fuhr Edith fort, und schenkte sich auch eine Tasse Kaffee ein, „und glauben Sie mir bitte, daß ich nicht aus gewöhnlicher Neugierde frage.“

„Ich will Ihnen gern alles erzählen,“ sagte das Mädchen kopfnickend. „Ich habe diesen Tag besonders gut im Gedächtnis, weil ich auf der Musikakademie war, um meine Stunde zu nehmen – Sie werden meinen, wir könnten uns das nicht leisten, aber Großväterchen besteht durchaus darauf. Ich bin ziemlich müde nach Hause gekommen. Großvater lag auf dem Divan. Wir wohnen in Hoxton. Er schien etwas aufgeregt. ›May,‹ sagte er, ›ich möchte gern, daß du heute abend etwas für mich tust‹. Selbstverständlich war ich gerne bereit und freute mich, ihm einen Gefallen tun zu können.“

Das Mädchen hielt plötzlich ein.

„Ach, wie merkwürdig,“ sagte sie, „ich glaube, ich habe einen Beleg für meine Erzählung in der Tasche.“

An ihrem Gürtel hing ein Täschchen vom gleichen Stoff wie ihr Kleid, das sie öffnete und durchsuchte.

Sie holte einen Briefumschlag heraus.

„Das will ich Ihnen jetzt noch nicht zeigen,“ fuhr sie fort, „sondern weitererzählen, was geschah. Wie ich schon gesagt habe, war Großvater sehr aufgeregt und fragte ob ich etwas für ihn tun wolle; er wußte natürlich, daß ich es gern täte. ›Ich habe einen Brief bekommen, aus dem ich absolut nicht klug werden kann,‹ sagte er und zeigte mir diesen Brief.“

Das Mädchen hielt ihr den Briefumschlag hin.

Edith nahm ihn an sich und zog eine Karte daraus hervor.

„Aber das ist ja die Schrift meines Mannes!“ rief sie.

„Ja," bestätigte das Mädchen.

Er trug den Poststempel von Doncaster und der Inhalt war kurz. Er war an den alten Musiker adressiert und lautete wie folgt:

„Beiliegend ein Postscheck auf ein Pfund; nach dessen Einlösung gehen Sie in der Zeit zwischen halb acht und acht Uhr vor das Haus von Herrn Standerton und spielen Sie Rubinsteins ›Melodie in F-Dur.‹ Vergewissern Sie sich, daß er zu Hause ist; wenn nicht, so kommen Sie am nächsten Abend wieder und spielen Sie das gleiche Stück zu der gleichen Zeit."

Das war alles.

„Ich kann das nicht verstehn," sagte Edith verwirrt. „Was soll es bedeuten?"

Die Geigenspielerin lächelte.

„Ich möchte selbst gerne wissen, was es heißen soll. Sie sehen, ich bin ebenso neugierig wie Sie, und ich glaube, es ist eine allen Frauen gemeinsame Schwäche."

„Und Sie wissen nicht, warum diese Mitteilung geschickt wurde?"

„Nein."

„Oder was sie bedeuten soll?"

Wieder schüttelte das Mädchen den Kopf.

Edith betrachtete den Umschlag und prüfte den Poststempel.

Das Datum war der vierundzwanzigste Mai.

„Der vierundzwanzigste Mai," wiederholte sie für sich. „Warten Sie nur einen Augenblick," sagte sie und lief in ihr Schlafzimmer hinauf.

In fieberhafter Eile schloß sie ihren Schreibtisch auf und holte das rotgebundene Tagebuch heraus, in das sie die kleinen Ereignisse ihres Lebens in Portland Square eingeschrieben hatte. Sie schlug den vierundzwanzigsten Mai auf. Es waren nur zwei Einträge zu lesen. Der erste handelte von der Ablieferung eines neuen Kleides, aber der zweite war sehr bedeutungsvoll:

„G. S. kam um sieben Uhr und blieb zum Abendessen. War sehr zerstreut und anscheinend in Sorgen. Er ging um zehn Uhr. Der Abend war deprimierend."

Sie schaute wieder auf den Umschlag.

›Doncaster 7.30‹ stand dort.

Der Brief war also hundertachtzig Meilen von London entfernt, eine halbe Stunde nach Gilberts Ankunft in Portland Square, abgestempelt worden.

Bestürzt ging sie in das Speisezimmer zurück, ließ sich aber ihre Aufregung in Gegenwart des Mädchens nicht anmerken.

„Ich fühle mich verpflichtet, der Kunst einen kleinen Tribut zu zollen," sagte sie lächelnd, nahm ein Goldstück aus ihrer Börse und überreichte es May.

„Oh, aber bitte," wehrte die kleine Musikerin ab.

„Nein, bitte nehmen Sie es. Sie haben mir viel Stoff zum Nachdenken gegeben. Ist Herr Standerton seither jemals wieder auf diesen Vorfall zurückgekommen?"

„Niemals," erwiderte das Mädchen. „Ich habe ihn seither nie mehr gesehn, außer einmal, als ich auf dem Deck eines Autobusses saß."

Einige Minuten später verabschiedete sich das Mädchen.

Das war eine ergiebige Quelle, um ihre Einbildungskraft zu speisen, dachte Edith.

„Was hat es zu bedeuten?" fragte sie sich. „Welches Geheimnis steckt hinter alledem?"

Nun, da sie sich die näheren Umstände ins Gedächtnis zurückrief, entsann sie sich, daß Gilbert an jenem Abend schrecklich zerstreut gewesen war; er war so nervös, daß sie das Zittern seiner Hand bemerkt und sich zu ihrer Mutter über seine auffallende Geistesabwesenheit geäußert hatte.

Aber wenn er das Erscheinen des Musikers erwartet und wenn er selbst das Stück, das er spielen sollte, ausgemacht hatte, warum hatte dann das Spiel eine so furchtbare Wirkung auf ihn ausgeübt? Er war kein Mann der Posen. In seinem Charakter lag nichts Theatralisches.

Er war Musiker und liebte Musik wie sonst nichts auf der Welt außer ihr.

Nicht ohne Zärtlichkeit machte sie in Gedanken diesen Vorbehalt.

Zu jener Zeit hatte er sie geliebt, mochten seine Gefühle nunmehr auch andre sein; aber die Liebe eines starken Mannes verflüchtigt sich nicht so leicht und läßt sich nicht durch ein Wort vernichten.

Seit ihrer Verheiratung hatte er seinen Flügel nicht geöffnet. Während er früher sich fast kein einziges musikalisches Ereignis Londons hatte entgehen lassen, hatte er seither weder ein Konzert besucht, noch eine Oper gehört.

Es kam ihr vor, als habe mit dem Spiel der ›Melodie in F-Dur‹ ein köstlicher Abschnitt seines Lebens sein Ende gefunden.

Einmal hatte sie vorgeschlagen, in ein Konzert zu gehn, bei dem das ganze musikalische London zugegen war.

„Vielleicht gehst du allein hin, wenn es dir recht ist,“ hatte er ihr kurz entgegengehalten. „Ich fürchte, ich werde heute abend geschäftlich ziemlich in Anspruch genommen sein.“ Und das war der gleiche Mann, der ihr nicht nur einmal, sondern Dutzende Male erklärt hatte, Musik drücke ihm jede Botschaft und jede Gefühlsbewegung in einer klareren Sprache aus als das gedruckte Wort.

Was hatte das zu bedeuten? Eine ungeduldige Energie und ein drängendes Verlangen, den Dingen auf den Grund zu gehn, überkam sie – sie wollte einen größeren Anteil an seinem Leben haben. In welchem Zusammenhang stand diese Melodie mit der plötzlichen Veränderung, die mit ihm vorgegangen war? Welche Verbindung bestand zwischen ihr und dem rastlosen Leben, das er in der letzten Zeit führte? Was hatte sie mit seinem Austritt aus dem Auswärtigen Amt und aus seinen Klubs zu tun?

Sie war fest überzeugt, daß ein Zusammenhang bestehen müsse, und sie war entschlossen, ihn zu entdecken.

Solange sie im Dunkeln tappte, konnte sie ihm nicht helfen. Instinktiv fühlte sie, daß es wenig Wert haben würde, ihn zu fragen. Er gehörte zu der Art Menschen, die sich nicht gerne in die Karten schauen lassen.

Sie war seine Frau und fühlte sich ihm verpflichtet. Sie hatte Unglück in sein Leben gebracht und mußte sich nach Kräften bemühen, ihm zu helfen; doch dazu brauchte sie Geld.

Sie setzte sich nieder, um eine kurze Mitteilung an ihre Mutter zu schreiben: Sie wolle die vom Makler gebotenen dreihundert Pfund annehmen; sie verstieg sich sogar zu der Andeutung, sie würde selbst Herrn Warrell aufsuchen und die Verhandlungen mit ihm abschließen, falls die Angelegenheit nicht umgehend von ihrer Mutter erledigt würde.

Im Morgenblatt hatte sie die Anzeige einer Privatdetektei gelesen und war vorübergehend geneigt, einen Mann in ihren Dienst zu nehmen. Aber welche besonderen Fähigkeiten konnten Privatdetektive haben, die sie selbst nicht auch besaß. Man brauchte keine eigene Ausbildung, um sein Gehirn arbeiten und seinen Scharfsinn walten zu lassen.

Sie hatte eine Lebensaufgabe gefunden – die Entschleierung des Geheimnisses, das ihren Mann wie eine Wolke umhüllte. Es wurde ihr freudig zumute bei der Aussicht auf das Werk, das sie sich zum Ziel gesetzt hatte.

„Du solltest eine Beschäftigung für dich finden," hatte Gilbert in seiner zurückhaltenden Art gesagt.

Sie lächelte und fragte sich, was er wohl denken würde, wenn ihm die Beschäftigung bekannt würde, die sie sich ausgesucht hatte.

Das Häuschen in Hoxton, das May und ihrem Großvater als Obdach diente, lag in einer kleinen anständigen Straße, die größtenteils von Angehörigen der Künstlerklasse bewohnt wurde. So klein und einfach die Wohnung war, so war sie doch mit ausgezeichnetem Geschmack eingerichtet. Die Möbel waren alt in dem Sinne, daß sie um so wertvoller und feiner waren.

Der alte Herr Wing saß in einem Armstuhl neben dem Feuer in einem Raume, der gleichzeitig als Küche und Speisezimmer diente. May war mit einer Handarbeit beschäftigt.

„Mein liebes Kind," sagte der alte Mann mit seiner angenehmen Stimme, „ich glaube, es ist besser, du gehst heute abend nicht wieder fort."

„Warum nicht, Großpapa?" fragte das Mädchen, ohne von ihrer Arbeit aufzuschauen.

„Nun, wahrscheinlich ist es selbstsüchtig von mir," erwiderte er, „aber ich möchte nicht gern allein bleiben. Ich erwarte einen Besuch."

„Einen Besuch?"

Besuche waren im Haus Nr. 9 Pextonstraße-Hoxton etwas Ungewöhnliches. Der einzige gewohnte Besucher war der Mieteinnehmer, der jeden Montagmorgen mit gleichbleibender Regelmäßigkeit vorsprach.

„Ja," sagte ihr Großvater zögernd, „ich glaube, du wirst dich an den Herrn erinnern; du hast ihn vor einiger Zeit gesehn."

„Doch nicht Herr Standerton?"

Der alte Mann schüttelte den Kopf.

„Nein, Herr Standerton ist es nicht," sagte er, „aber du wirst dich des recht netten Mannes entsinnen, der dir nach dem Rennen in Epsom aus dem Gedränge heraushalf?"

„Ich entsinne mich," sagte sie.

„Sein Name ist Wallis," sagte der Alte, „ich bin ihm heute zufällig beim Einkaufen begegnet."

„Wallis," wiederholte sie.

Der alte Wing schwieg eine Weile, dann fragte er:

„Meinst du, mein liebes Kind, wir könnten einen Zimmerherrn brauchen?"

„O nein," protestierte das junge Mädchen. „Bitte nicht!"

„Ich finde, die Miete ist ziemlich schwer aufzubringen," sagte ihr Großvater kopfschüttelnd, „und dieser Herr Wallis ist ein ruhiger Mensch, der uns wahrscheinlich nicht weiter stören wird."

Das Mädchen gab sich noch nicht zufrieden.

„Es wäre mir lieber, wir brauchten es nicht zu tun," sagte sie. „Ich bin überzeugt, wir können genug verdienen, um den Haushalt ohne solche Hilfe zu bestreiten. Zimmerherrn bringen immer Unannehmlichkeiten mit sich. Ich glaube auch nicht, daß Frau Gamage damit einverstanden wäre."

Frau Gamage war die ältliche Nachbarin, die jeden Morgen zur Hilfe im Haushalt erschien.

Als das Mädchen das enttäuschte Gesicht des alten Herrn sah, ging sie zu ihm und legte ihren Arm um seine Schultern.

„Reg dich nicht auf, liebes Großväterchen," sagte sie, „wenn du einen Zimmerherrn haben willst, sollst du einen haben. Ich glaube, es wird sehr nett für dich sein, jemanden im Haus zu haben, mit dem du plaudern kannst, wenn ich fort bin."

Da klopfte es an die Tür.

„Das wird wohl unser Besucher sein," sagte sie und ging öffnen. Sie erkannte den Mann wieder, der unter der Türe stand.

„Darf ich hereinkommen?" fragte er. „Ich möchte Ihren Großvater geschäftlich sprechen. Ich vermute, Sie sind Fräulein Wing."

Sie nickte.

„Treten Sie ein," sagte sie und führte ihn in die Küche herein.

„Ich will Sie nicht allzulange aufhalten,“ sagte Herr Wallis. „Nein danke, ich will solange stehen bleiben. Ich möchte gerne ein ruhiges Logis für einen Freund von mir finden. Wenigstens,“ fuhr er fort, „ist er ein Mann, für den ich etwas übrig habe, ein recht ruhiger, nüchterner Mensch, der den größten Teil des Tages und möglicherweise manchmal auch in der Nacht aus dem Hause ist.“ Er lächelte. „Er ist ein –“ er zögerte. „Er ist ein Autodroschkenchauffeur, um genau zu sein. Allerdings hat er es nicht gern, daß diese Tatsache allzu bekannt wird, weil er – äh – bessere Tage gesehn hat.“

„Wir haben nur ein kleines Zimmer, das wir Ihrem Freund geben können,“ sagte May, „vielleicht wollen Sie es gerne ansehn.“

Sie geleitete ihn in ein kleines Schlafzimmer hinauf, das sie nur sehr selten zur Unterbringung ihrer wenigen Gäste gebraucht hatten. Das Zimmer war hübsch und sauber, und George Wallis nickte beifällig.

„Am liebsten würde ich es für mich selbst haben,“ sagte er.

Er schlug selbst einen höheren Preis vor, als sie verlangte, und bestand darauf, einen Monat im voraus zu bezahlen.

„Ich habe dem Mann gesagt, er solle vorsprechen, er könnte jetzt schon hier sein; wenn Sie nichts dagegen haben, werde ich auf ihn warten.“

Er brauchte nicht lange zu warten, denn nach wenigen Minuten erschien der neue Zimmerherr. Es war ein beleibter Mann mit einem dicken, schwarzen, kurzgeschnittenen Bart; der Umstand, daß er etwas einsilbig war und wenig Worte machte, war für einen Zimmerherrn eher ein Vorzug.

Wallis verabschiedete sich von dem alten Mann und seiner Enkelin und wanderte in Begleitung des Mannes, für den der etwas belanglose Name Smith angegeben worden war, bis zum Ende der Straße.

Er hatte ihm etwas zu sagen, und zwar etwas Wichtiges.

„Ich habe diese Wohnung für dich besorgt, Smithy,“ sagte er, als sie langsam gegen Hoxton High-Straße schritten, „weil sie ruhig und recht sicher ist. Es sind geachtete Leute und niemand wird dich stören.“

„Man wird mich nicht so leicht behelligen, nicht wahr?“ sagte der mit Smithy angeredete Mann.

„Zur Zeit noch nicht,“ entgegnete der andre, „aber ich weiß nicht genau, wie die Dinge sich entwickeln werden. Ich bin sehr in Sorgen.“

„Worüber machst du dir Sorgen?“

George Wallis lachte ein wenig ratlos.

„Warum stellst du so dumme Fragen?“ sagte er mit gutmütigem Ärger. „Bist du dir nicht klar, was geschehen ist? Irgend jemand kennt unser Spiel.“

„Nun, warum geben wir es dann nicht auf?“ fragte der andre gelassen.

„Wie können wir es aufgeben? Mein lieber guter Kerl, wir haben zwar im Laufe von zwölf Monaten einen Vorrat an beweglichem Eigentum angehäuft, dessen Wert uns allen erlaubt, uns zur Ruhe zu setzen; aber keiner von uns ist in diesem Moment geneigt, sich aus dem Staube zu machen – es würde weitere zwölf Monate dauern, bis wir die Beute an den Mann gebracht hätten,“ sagte er nachdenklich.

„Ich weiß ja gar nicht genau, wo sie ist,“ sagte Smith mit einem leisen Lächeln.

„Das weiß niemand außer mir,“ entgegnete Wallis mit einem leichten Stirnrunzeln, „das ist das, was mir am meisten Sorgen macht. Ich fühle die ganze Verantwortlichkeit auf mir. Smithy, wir werden tatsächlich überwacht.“

Der andere lächelte.

„Das ist doch nichts Außergewöhnliches,“ sagte er. Aber Wallis blieb sehr ernsthaft.

„Auf wen hast du Verdacht?“ fragte Smith. Der andre gab nicht gleich Antwort.

„Ich habe keinen Verdacht, sondern ich weiß,“ sagte er dann. „Vor einigen Monaten, als Calli und ich in Hatton Garden eine Sache drehten, wurden wir durch das Erscheinen eines geheimnisvollen Gentleman unterbrochen, der zuschaute, wie ich den Geldschrank öffnete, und der sofort danach verschwand. Damals schien er nicht gerade feindselig gegen uns gestimmt oder ein bestimmtes Ziel im Auge zu haben. Jetzt aber, aus irgendeinem Grunde, den er selbst am besten wissen wird, arbeitet er gegen uns. Das ist der Mann, den wir ausfindig machen müssen."

„Aber wie?"

„Man setze eine Annonce in die Zeitung," sagte der andre spöttisch: „Wird der Herr, der Herrn Wallis auf der Fährte ist, die Güte haben, seine Persönlichkeit zu enthüllen, und es wird nichts weiter mehr unternommen werden."

„Aber sprich jetzt ernsthaft," sagte der andre.

„Wir müssen herausbringen, wer er ist. Es muß eine Möglichkeit geben, ihn in eine Falle zu locken; aber das einzige, was wir jetzt tun können, und ich muß es schon zu meiner eigenen Sicherheit tun, ist, euch alle zusammenzutrommeln und die Beute zu teilen. Es wird gut sein, wenn wir uns verabreden."

Smith nickte: „Wann?"

„Heute abend," sagte Wallis, „treffen wir uns im ..." Er nannte ein Restaurant in der Nähe der Regentstraße.

Es war höchst merkwürdigerweise ausgerechnet das Restaurant, wo Gilbert Standerton regelmäßig allein speiste.

10. Der Halsschmuck

Frau Cathcart war höchlich überrascht, eine Einladung zum Abendessen zu erhalten. Sie hatte an diesem Morgen ihrer Tochter einen Scheck über dreihundert Pfund geschickt, den sie von ihrem Makler empfangen hatte; aber da ihre Briefe sich kreuzten, konnten die beiden Ereignisse nicht im Zusammenhang stehn.

Sie entschloß sich nicht sofort, die Einladung anzunehmen. Sie war sich noch nicht im klaren, ob sie bei den bisherigen Beziehungen zu ihrem Schwiegersohn verharren sollte.

Jedenfalls aber war sie – was sonst auch immer ihre Fehler sein mochten – eine gute Strategin, und mit einer Ablehnung der Einladung war nichts gewonnen, während aus ihrer Annahme gewisse Vorteile erwachsen konnten.

Sie war überrascht, Herrn Warrell dort zu treffen, überrascht und ein bißchen verlegen; aber nun, da ihre Tochter alles wußte, war eigentlich gar kein Grund mehr, warum sie sich unbehaglich fühlen sollte.

Sie nahm ihn, wie es ihre Art war, von dem Moment, wo sie ihn in dem kleinen Empfangszimmer des Hauses in St. Johns Wood begrüßt hatte, in Beschlag.

Es war ein behagliches Diner. Gilbert war ein vollendeter Gastgeber; es schien etwas von dem alten fröhlichen Geist wieder in ihm aufzuleben. Warrell, eingedenk dessen, was Frau Cathcart ihm gesagt hatte, paßte scharf auf, um irgendein Anzeichen von Unstimmigkeit zwischen Mann und Frau zu entdecken; da er vor allem ein Geschäftsmann war, war er vielleicht um so eifriger darauf aus, eine Bestätigung für Frau Cathcarts Andeutungen zu finden, daß Gilberts Verhältnisse nicht ganz in Ordnung seien.

Leslie Frankfort, der auch zu der Gesellschaft gehörte, war von seinem Geschäftsteilhaber ausgefragt worden, ohne daß der ältere Mann ihm irgendeine Mitteilung entlocken konnte, die dazu angetan war, die Zweifel in Warrells Brust zu zerstreuen.

Leslie Frankfort, dieser lebenslustige junge Mann, befand sich darüber ebenso im Dunkeln wie sein Kompagnon. Es beruhigte ihn aber etwas zu merken, daß auf jeden Fall dem Haushalt seines Freundes kein unmittelbarer Bankrott drohe.

Das Diner verlief vortrefflich, das Essen war ausgezeichnet und von einem Epikuräer zusammengestellt, wie es in der Tat der Fall war, da Gilbert seiner Frau bei der Aufstellung des Menüs geholfen hatte.

Die Unterhaltung bewegte sich in den oberflächlichen Bahnen, wie immer bei solchen Gesellschaftsdiners; die Gesprächsstoffe waren die gleichen, die an tausend andern Tafeln in England von Damen und Herren behandelt werden. Ganz von selbst kam das Gespräch auch auf die Reihe von aufsehenerregenden Einbrüchen, die in jüngster Zeit in London verübt wurden. Daß die Unterhaltung auf dieses Gebiet übergreifen würde, war vielleicht um so selbstverständlicher, weil Frau Cathcart das Gespräch sehr kühn darauf brachte, indem sie auf den Einbruch bei der Firma Warrells Bezug nahm.

„Nein, tatsächlich," sagte Herr Warrell kopfschüttelnd, „leider muß ich sagen, daß wir noch keine Spur haben. Die Polizei hat die Sache in die Hand genommen, aber ich fürchte, wir werden den Mann oder die Männer, die das Verbrechen begangen haben, niemals erwischen."

„Ich vermute, es wäre Ihnen nicht besonders damit gedient, wenn man sie erwischen würde," sagte Gilbert gelassen.

„Ich weiß nicht," wandte der andre ein. „Möglicherweise könnten wir doch die Juwelen zurückbekommen."

Gilbert Standerton lachte auf, unterbrach sich aber plötzlich.

„Juwelen?" fragte er.

„Erinnern Sie sich nicht, Gilbert," mischte sich Leslie ein. „Ich sagte Ihnen, wir hätten einen Halsschmuck im Tresor gehabt, das Eigentum einer Kundin, einer jener spekulierenden Damen, die uns mit ihren Geschäften beehren."

Ein warnender Blick seines Kompagnons ließ ihn stocken. Die spekulierende Dame selbst wurde ziemlich rot und warf dem indiskreten jungen Mann einen bösen Blick zu.

„Der Halsschmuck gehörte mir," sagte sie scharf.

„Oh!“ sagte Leslie und fand, daß die Unterhaltung für ihn kein weiteres Interesse bot. Gilbert lächelte nicht über die Verlegenheit seines Freundes.

„Ein Halsschmuck?“ wiederholte er; „wie merkwürdig – Ihrer?“

„Ja, meiner,“ bestätigte Frau Cathcart. „Ich hinterlegte ihn zur Sicherheit bei Warrells. Eine wunderbar feine Sicherheit, wie es sich gezeigt hat,“ fügte sie hinzu.

Warrell brachte alle möglichen Entschuldigungen vor. Die Sache war ihm aus verschiedenen Gründen peinlich. Er war wirklich sehr ärgerlich über den indiskreten jungen Mann, der seine Vorzugsstellung in der Firma mehr dem Aktienanteil seines verstorbenen Vaters verdankte als irgendeiner Betätigung seines Verstandes oder seiner Tüchtigkeit.

„Was war es denn für eine Art von Halsschmuck?“ fuhr Gilbert fort. „Ich habe keine Beschreibungen gelesen.“

„Es wurde keine Beschreibung veröffentlicht,“ sagte Herr Warrell, seiner Kundin zu Hilfe kommend, die, wie er aus untrüglichen Zeichen merkte, nahe daran war, ihre Selbstbeherrschung zu verlieren.

„Wir wünschten, daß die Sache unter uns bliebe, damit sie nicht in die Zeitungen käme.“

Edith lenkte das Gespräch taktvoll in andre Bahnen, und in wenigen Minuten war man eifrig bei der Besprechung einer Frage, die niemals verfehlt, großes Interesse zu erwecken – das hohe Problem der Kirche.

Bei dieser Gelegenheit muß bemerkt werden, daß Frau Cathcart eine ziemliche Rolle als Führerin gewisser Kreise spielte und eine entschiedene Anhängerin der Hochkirche war. Man denke sich zu diesem Element die freiere Richtung des Herrn Warrell, das offene Freidenkertum Leslies, und es waren alle Vorbedingungen für eine Auseinandersetzung gegeben, die in einem weniger gebildeten Kreise recht scharfe Formen hätte annehmen können.

So drastisch der Ausweg auch sein mochte, Edith wenigstens war erleichtert und ganz bereit, lieber die Kirche von Wales oder, wenn nötig, die Kirche von England zu entstaatlichen, als die Torheit ihrer Mutter an den Pranger gestellt zu sehn.

Trotz des Wortgefechtes, des starren Standpunktes von Frau Cathcart, der Kampfreden Leslies und der gutmütigen Toleranz von Warrell, gegen dessen Einstellung äußerst schwierig anzukämpfen war, nahm das Diner einen angenehmen Verlauf, und man begab sich danach in das kleine Empfangszimmer im oberen Stock.

„Ich fürchte, ich muß euch jetzt verlassen," sagte Gilbert.

Es war beinah zehn Uhr, und er hatte seine Frau schon vorher verständigt, daß er später eine Verabredung habe.

„Ich glaube, der alte Gilbert ist unter die Journalisten gegangen," sagte Leslie. „Ich sah Sie neulich abends in der Fleet-Straße, nicht wahr?"

„Nein," entgegnete Gilbert kurz.

„Dann muß es Ihr Doppelgänger gewesen sein," sagte der andre.

Edith war nicht mit der übrigen Gesellschaft hinaufgegangen; kurz vor dem Diner hatte Gilbert sie etwas zögernd gebeten, ihm ein Paket belegter Brötchen zurecht zu machen.

„Es kann sein, daß ich den größeren Teil der Nacht fort bin," sagte er. „Ein Mann will mit mir im Auto nach Brighton fahren, wo wir mit jemandem Zusammentreffen."

„Wirst du die ganze Nacht über fort sein?" fragte sie etwas beunruhigt.

Er schüttelte den Kopf.

„Nein, ich werde gegen vier Uhr zurück sein."

Obwohl sie im Innern dachte, es sei eine ungewöhnliche Zeit, mit Leuten zusammenzutreffen, machte sie weiter keine Bemerkung darüber.

Als die kleine Gesellschaft hinaufgegangen war, fielen ihr die belegten Brötchen ein, weshalb sie in die Küche hinabging, um nachzusehn, ob die Köchin sie fertig gemacht und bereitgelegt hätte.

Sie wickelte sie ihm ein und packte sie in eine kleine flache Butterbrotbüchse; dann ging sie zurück in die Diele.

Sein Mantel hing an einem Kleiderständer; als sie die Büchse in die Tasche steckte, störte sie eine Zeitung; sie nahm sie heraus und fühlte etwas anderes, Lockeres und Gleitendes.

Sie lächelte über seine Nachlässigkeit und steckte ihre Hand hinein, um den Gegenstand zu entfernen.

Ihr Gesicht nahm einen gespannten Ausdruck an.

Was war das?

Ihre Finger schlossen sich um das Ding auf dem Grunde der Tasche und zogen es heraus.

Da, in ihrer Handfläche, von dem elektrischen Licht über ihrem Kopf klar beleuchtet, glänzte ihr Diamantenhalsband!

Einen Augenblick schien die kleine Diele um sie herum zu schwanken, aber sie raffte sich zusammen.

Ihr Halsschmuck!

Es war kein Zweifel daran – sie wandte ihn hin und her mit zitternden Fingern.

Wie war er in seinen Besitz gelangt? Woher kam er?

Ein Gedanke blitzte ihr durch den Kopf, aber er war zu furchtbar, um ihn zu Ende zu denken.

Gilbert ein Einbrecher! Es war unsinnig. Vergeblich versuchte sie zu lächeln. Fast jeden Abend war er aus dem Haus gewesen. Sogar jede Nacht in der Woche, in der dieser Einbruch verübt worden war.

Sie hörte Schritte auf der Stiege und steckte das Halsband in den Ausschnitt ihres Kleides.

Es war Gilbert. Er bemerkte ihren Gesichtsausdruck nicht; dann sagte sie:

„Gilbert!“ und etwas in ihrer Stimme ließ ihn aufhorchen.

Er wandte sich zu ihr und musterte sie.

„Was ist dir?“ fragte er.

„Willst du einen Augenblick mit mir ins Speisezimmer kommen,“ sagte sie. Ihre Stimme klang ihr ganz entfernt; sie hatte das Gefühl, als spräche nicht sie selbst, sondern eine dritte Person.

Er öffnete die Tür zum Speisezimmer und ging hinein. Die Tafel war noch mit den Überresten des eben beendeten Diners bedeckt. Der rosige Schimmer der Deckenlampe fiel auf ein hübsches Durcheinander von Blumen, Silber und Glas.

Er schloß die Tür hinter sich.

„Was gibt es?“ fragte er.

„Dies,“ entgegnete sie ruhig und zog das Halsband aus ihrem Kleide hervor.

Er schaute es an. Kein Muskel seines Gesichtes rührte sich.

„Das?“ sagte er. „Nun was ist das?“

„Mein Halsschmuck!“

„Dein Halsschmuck?“ wiederholte er dumpf. „Ist dies das Halsband, das deine Mutter verloren hat?“

Sie nickte nur, weil sie nicht die Kraft zum Sprechen hatte.

„Das ist ja äußerst merkwürdig!“

Er streckte seine Hand aus, nahm es und prüfte den Diamantanhänger.

„Und das ist dein Halsband?“ sagte er. „Nun, das ist ein sonderbares Zusammentreffen.“

„Wie bist du dazu gekommen?“ fragte sie.

Er gab keinerlei Antwort, sondern schaute sie nur mit einem starren Blick an, aus dem sie weder Nachsinnen noch ein gutes Zeichen lesen konnte.

„Wo ich es herbekommen habe?“ wiederholte er ruhig. „Wer hat dir gesagt, daß ich es bekommen habe?“

„Ich habe es in deiner Tasche gefunden,“ sagte sie atemlos. „Oh, Gilbert, es hat keinen Zweck zu leugnen, daß es dort war oder daß du darum wußtest. Woher hast du es bekommen?“

Wieder eine Pause, dann kam die Antwort:

„Ich habe es gefunden.“

Es klang lahm und nicht überzeugend, und er war sich dessen bewußt.

Sie wiederholte die Frage.

„Ich bin nicht in der Lage, es dir zu sagen,“ entgegnete er gelassen. „Du glaubst vermutlich, ich habe es gestohlen? Du stellst dir wahrscheinlich vor, ich sei ein Einbrecher?“

Trotz seines Lächelns zeigte der verzogene Mund einen harten Ausdruck.

„Ich kann das aus deinen Augen lesen,“ fuhr er fort. „Du erklärst dir meine Abwesenheit von zu Hause, mein Ausscheiden aus dem Auswärtigen Amt mit der Tatsache, daß ich einen einträglicheren Beruf ergriffen habe.“

Er lachte laut auf.

„Nun, das habe ich auch,“ sagte er. „Es ist nicht gerade das Gewerbe eines Einbrechers. Ich gebe dir die Versicherung,“ fuhr er mit spöttischem Ernst fort, „daß ich nie in meinem Leben einen Geldschrank erbrochen habe. Ich gebe dir mein Ehrenwort, daß ich nie auch nur einen einzigen Gegenstand gestohlen habe von –“ er brach kurz ab – vielleicht könnte er zuviel sagen. Aber Edith griff gierig nach dem Strohhalm, den er ihr bot.

„Oh, ist es wirklich so, ja?“ sagte sie eifrig und legte ihre Hände auf seine Brust. „Ist es wirklich o? Ich weiß, es ist blöde, verrückt und schrecklich ungerecht – gemein von mir. Alles, was du willst – einen so scheußlichen Verdacht gegen dich zu haben, aber es schien so – nicht wahr, es konnte so scheinen?“

„Es konnte so scheinen,“ stimmte er ihr ernst bei.

„Willst du mir nicht sagen, wie es in deinen Besitz kam?“ drang sie in ihn.

„Ich sage dir, ich habe es gefunden – das ist die Wahrheit. Ich hatte nicht die Absicht –“ wieder unterbrach er sich. „Es war – ich habe es auf der Straße, auf der Landstraße aufgehoben.“

„Aber warst du nicht furchtbar überrascht, es zu finden, und hast du es nicht der Polizei gemeldet?“

Er schüttelte den Kopf.

„Nein,“ sagte er, „ich war nicht überrascht und habe es nicht der Polizei gemeldet. Ich hatte die Absicht, es abzuliefern, weil schließlich Juwelen keinen Wert für mich haben, nicht wahr?“

„Ich verstehe dich nicht recht, Gilbert.“ Sie schüttelte etwas bestürzt den Kopf. „Es hat doch nichts überhaupt einen Wett, außer was einem gehört, nicht wahr?“

„Das kommt darauf an,“ erwiderte er gelassen. „Aber in diesem besondren Falle kann ich dir versichern, daß ich es heute abend mit nach Hause gebracht habe in der Absicht, es in eine kleine Büchse zu legen und es dem Polizeidirektorium zu senden. Du magst es glauben oder nicht. Das war auch der Grund, weshalb ich es so seltsam fand, als ihr beim Essen über den Verlust eines Halsschmuckes deiner Mutter spracht, nachdem ich einen gefunden hatte.“

Sie schauten einander an; er hielt das Halsband wie abwägend auf seiner Handfläche und schüttelte es mechanisch.

„Was sollen wir nun damit machen?“ fragte sie ratlos. „Ich weiß mir kaum einen Rat.“ Zögernd fuhr sie fort: „Ich schlage vor, du folgst deiner ursprünglichen Absicht und schickst es an die Polizei.“

„Oh!“ fiel ihr mit einer leisen Regung von Unbehagen ein, „ich habe – habe mir eigentlich dreihundert Pfund zu Unrecht angeeignet.“

„Dreihundert Pfund?“ Er betrachtete das Schmuckstück.

„Es ist mehr als dreihundert Pfund wert.“

In einigen Worten erklärte sie ihm, wie der Schmuck verloren und wie es zugegangen war, daß er bei Warrells hinterlegt wurde.

„Es freut mich zu hören, daß deine Mutter die Schuld trifft. Ich fürchtete schon, du hättest dich mit Spekulationen abgegeben.“

„Wäre dir das unangenehm?“ fragte sie rasch.

„Ja, etwas,“ erwiderte er; „es genügt, wenn ein Teil der Familie spekuliert.“

„Spekulierst du sehr viel, Gilbert?“ fragte sie ernsthaft.

„Ein bißchen,“ sagte er.

„Nicht nur ein bißchen,“ verbesserte sie ihn. „Börsengeschäfte sind Spekulationen.“

„Ich bin bemüht, Geld für dich zu erwerben,“ sagte er schroff.

Es war das Härteste, was er in der kurzen Zeit ihrer Ehe zu ihr gesagt hatte, und er sah, daß er sie schwer verletzt hatte.

„Verzeih mir,“ sagte er sanft. „Ich weiß, daß ich roh war, aber es lag nicht in meiner Absicht, dich zu kränken. Ich habe mich nur eben in meinem Innern gegen die Ungerechtigkeit des Geschicks empört. Willst du dies an dich nehmen oder soll ich es?“

„Ich werde es nehmen,“ sagte sie. „Aber willst du nicht der Polizei mitteilen, wo du es gefunden hast? Möglicherweise findet sie in der Nähe noch Beute von anderen Räubereien.“

„Ich bin nicht dafür,“ entgegnete er mit einem leichten Lächeln. „Ich habe keine Lust, mir die Wut dieser berüchtigten Bande auf den Hals zu laden. Ich weiß ohnehin zur Genüge, daß sie zu den gefährlichsten und rücksichtslosesten gehört, die es überhaupt gibt. Aber es ist beinahe halb elf Uhr,“ sagte er; „ich muß schleunigst fort.“

Er hielt ihr seine Hand hin und sie nahm sie. Sie behielt sie einen Augenblick länger in der ihren, als es sonst ihre Art war.

„Lebe wohl,“ sagte sie. „Viel Glück, was auch dein Geschäft sein mag.“

„Ich danke dir,“ entgegnete er.

Langsam ging sie zu ihren Gästen zurück. Sie war aus der Sachlage nicht viel klüger geworden. Sie glaubte ihrem Mann, und doch lag in seinen Aussagen eine gewisse Zurückhaltung, die ihr ebenso deutlich wie seine sorgsam abgewogenen Worte verrieten, daß er noch viel mehr hätte sagen können, wenn er gewollt hätte.

Sie zweifelte nicht an seinem Wort, daß er nie etwas gestohlen hatte von – von wem hatte er sagen wollen? Sie war entschlossener denn je, das Rätsel zu lösen, und nachdem ihre Gäste gegangen, war sie eifrig mit Briefschreiben beschäftigt. Kaum hatte sie sich spät in dieser Nacht zur Ruhe begeben, als sie seinen Schritt auf der Treppe hörte; sie lauschte gespannt.

Im Vorbeigehn klopfte er an ihre Tür und sagte: „Gute Nacht.“

„Gute Nacht,“ erwiderte sie.

Sie hörte, wie sich seine Tür leise schloß und wartete noch eine halbe Stunde, bis sie aus dem Knacken des Lichtschalters entnahm, daß er zu Bett sei und sein Licht abgedreht hatte.

Dann stahl sie sich lautlos aus dem Bett, warf einen Morgenrock über und ging leise die Treppe hinab. Vielleicht hing sein Mantel in der Diele.

Es war eine phantastisch wilde Idee von ihr, er könne ihr am Ende weitere Anhaltspunkte liefern, die ihr bei ihrem Forschen nach der Wahrheit auf die Spur helfen könnten; aber die Taschen waren leer.

Sie fühlte etwas Feuchtes auf dem Ärmel und schloß daraus, daß es regnete. Dann ging sie auf ihr Zimmer zurück, schloß geräuschlos die Tür und trat ans Fenster, um auf die Straße hinauszuschauen. Es war ein klarer Morgen und die Straßen waren trocken. Sie sah ihre Hände an. Sie waren mit Blut befleckt!

Sie lief wieder die Treppe hinab und drehte das Licht in der Diele an.

Ja, da an seinem Ärmel war es; auch auf dem Treppenläufer waren kleine Blutstropfen. Sie konnte die Spur die ganze Treppe hinauf verfolgen; sie ging entschlossen an sein Zimmer und klopfte.

Er gab sofort Antwort.

„Wer ist da?"

„Ich bin es, ich möchte dich sprechen."

„Ich bin ziemlich müde," sagte er.

„Bitte, laß mich ein, ich muß dich sprechen."

Sie versuchte die Tür aufzuklinken, aber sie war verriegelt. Dann hörte sie das Bett krachen, als er sich bewegte. Einen Augenblick später wurde der Riegel zurückgeschoben und das Licht schien durch das Glasfenster über der Tür.

Er war fast ganz angekleidet, bemerkte sie.

„Was ist mit deinem Arm passiert?" fragte sie.

Er war sorgfältig verbunden.

„Ich habe mich etwas verletzt. Es hat nicht viel zu bedeuten."

„Wie bist du zu dieser Verletzung gekommen?" fragte sie ungeduldig.

Sie war fast am Rande ihrer Kräfte. Hätte er ihr nur gesagt, es sei bei einem Autozusammenstoß oder einem der Straßenunfälle geschehen, denen Stadtbewohner ausgesetzt sind! Aber er gab keine Erklärung.

Sie bat ihn, die Wunde zu zeigen. Er wollte es nicht, aber sie bestand darauf. Schließlich wickelte er den Verband ab und zeigte eine üble kleine klaffende Wunde am Unterarm. Sie war zu schartig und nicht glatt genug, um von einem Messer oder zerbrochenem Glas herzurühren.

Sie entdeckte noch eine zweite Wunde von der Größe eines Fünfzigpfennigstücks dicht am Ellbogen.

„Das sieht aus wie eine Schußwunde," sagte sie darauf deutend. „Es ist den Arm entlang und dann am Ellbogen wieder herausgekommen."

Er sagte nichts dazu.

Sie besorgte aus dem Badezimmer warmes Wasser, wusch den Arm, holte aus ihrem Zimmer eine kühlende Salbe und verband ihn, so gut sie konnte.

Sie kam nicht mehr auf die Art und Weise zurück, wie er sich die Verletzung zugezogen hatte. Es war jetzt nicht die Zeit und der Ort, um darüber zu reden.

„An dir ist eine ausgezeichnete Krankenschwester verloren gegangen," sagte er, als sie fertig war.

„Ich fürchte, an dir ist ein ausgezeichneter Mann verloren gegangen," antwortete sie mit leiser Stimme, „und ich bin fast geneigt zu glauben, daß ich daran schuld bin."

„Bitte schlag dir diese Gedanken aus dem Kopf," sagte er fast barsch. „Ein Mann ist das, was er aus sich macht. Du kennst das Sprichwort: ›Wenn zwei zusammen Böses tun, muß jeder einzelne dafür büßen; und selbst wenn du auf mein Leben einen schlechten Einfluß gehabt hättest, so bin doch ich letzten Endes dafür verantwortlich."

„Davon bin ich nicht ganz überzeugt," sagte sie.

Sie hatte ihm eine leichte Schlinge gemacht, in der sein Arm ruhen konnte.

„Du hast mich geheiratet, weil du mich liebtest; du hast mir alles geschenkt, was eine natürlich empfindende Frau als wertvoll und heilig schätzen würde, und hast erwartet, daß ich es dir vergelte. Ich habe dir nichts dafür gegeben. Ich habe dich gleich am Anfang gedemütigt, indem ich dir sagte, warum ich dich geheiratet habe. Du hast die zweifelhafte Genugtuung, daß ich deinen Namen trage. Du hegst vielleicht halb den Argwohn, mit einer Frau zusammenzuleben, die deine Handlungen und Absichten unaufhörlich kritisch betrachtet. Trage ich nun keine Verantwortung?"

Ein langes Schweigen trat ein, dann sagte sie: „Was du auch immer von mir verlangen wirst, ich werde es tun."

„Ich wünsche nur, daß du glücklich bist, weiter nichts,“ erwiderte er.

Seine Stimme hatte den gleichen harten metallischen Klang, den sie schon früher gehört hatte.

Sie errötete leicht. Ihre Worte hatten sie große Überwindung gekostet und er hatte sie zurückgewiesen. Er hatte recht, dachte sie.

Sie verließ ihn und sah ihn erst wieder am Morgen beim Frühstück. Nachdem sie einige Worte der Begrüßung gewechselt hatten, widmeten sie beide ihre Aufmerksamkeit den Zeitungen. Edith las die ihrige schweigend, las die eine Spalte, die soviel für sie bedeutete, zweimal von oben bis unten, dann legte sie die Zeitung auf den Tisch.

„Ich lese eben,“ sagte sie, „daß unsre Einbrecher gestern nacht die Nordprovinzbank ausgeplündert haben.“

„Ich habe es auch gelesen,“ sagte er, ohne die Augen von der Zeitung zu erheben.

„Und daß einer von ihnen von dem bewaffneten Bankwächter angeschossen wurde.“

„Auch das habe ich gelesen,“ sagte ihr Gatte.

„Angeschossen,“ wiederholte sie und blickte auf seinen verbundenen Arm.

Er nickte.

„Ich glaube, meine Zeitung ist eine spätere Ausgabe als die deine,“ sagte er liebenswürdig. „Der angeschossene Mann starb an seiner Wunde. Man fand seine Leiche in einer Autodroschke. Sein Name steht nicht da, aber ich weiß ... zufällig, daß es ein recht netter stattlicher Herr, namens Persh, war. Armer Kerl,“ sagte er sinnend, „es war eine Art poetischer Gerechtigkeit.“

„Wieso?“ fragte sie.

„Er hat dies auf dem Gewissen,“ sagte Gilbert Standerton und deutete mit grimmigem Lächeln auf seinen Arm.

11. Der vierte Mann

An dem Abend, da Gilbert Standertons kleines Diner stattfand, kam der schwarzbärtige Chauffeur, der seinerzeit in dem Hause in der Nähe der Charing Croß-Straße vorgesprochen hatte, wieder an der Tür von Nr. 43 vorgefahren und wurde pflichtgemäß vom diensthabenden Detektiv beobachtet. Er ging in das Haus, blieb fünf Minuten oben und kam wieder heraus, worauf er ohne Fahrgast weiterfuhr.

Zehn Minuten später statteten auf die Meldung des Detektivs hin drei Kriminal-Kommissare von Scotland Yard dem Hause einen Besuch ab, und das Geheimnis wegen des Chauffeurs wurde ein für allemal aufgeklärt.

Denn an Stelle von George Wallis entdeckten sie den gleichen schwarzbärtigen Chauffeur, der behaglich im Wohnzimmer des oberen Stockes saß und in aller Gemütsruhe einen Roman las.

„Sehr einfache Sache," sagte Inspektor Goldberg, „der Chauffeur kommt herauf, während George Wallis, genau so hergerichtet wie er, drinnen auf ihn wartet. Im Augenblick, wo er die Tür hinter sich geschlossen hat, kommt Wallis heraus, geht zum Wagen und fährt davon. Ihr Leute auf Posten habt geglaubt, es sei der gleiche Chauffeur, der zurückkehre."

Er blickte auf den Gefangenen.

„Nun, was haben Sie mit mir vor?" fragte der bärtige Mann.

„Ich fürchte, wir können nichts mit Ihnen anfangen," sagte Goldberg bedauernd. „Sind Sie im Besitz eines Führerscheins?"

„Darauf können Sie Gift nehmen," sagte der Chauffeur lustig und zog ihn hervor.

„Ich kann Sie festnehmen, weil Sie Verbrechern Vorschub leisten."

„Eine Beschuldigung, die schwer zu beweisen sein wird," sagte der Bärtige. „Noch schwieriger, einen Schuldspruch dafür zu erlangen, und möglicherweise berauben Sie sich damit nur der Gelegenheit, George schließlich zu erwischen."

„Das ist richtig,“ sagte Goldberg; „jedenfalls werde ich mich nach Ihrem Auto umsehn und kann wenigstens George einlochen, weil er ohne Führerschein fährt.“

Der Mann schüttelte den Kopf.

„Tut mir leid. Sie zu enttäuschen,“ sagte er mit spöttischem Bedauern, „aber George hat ebenfalls einen Führerschein.“

„Zum Teufel damit,“ sagte der sehr verblüffte Inspektor.

„Komisch, nicht wahr,“ sagte der bärtige Mann. „Ja, George ist schrecklich gerissen.“

„Gehn Sie zu, Smith,“ sagte der Detektiv freundlich. „Was für ein Spiel wird da getrieben? Welche Rolle haben Sie dabei?“

„Wobei?“ fragte der Mann verdutzt.

Goldberg gab es auf, etwas aus ihm herauszukriegen. Er wußte, daß Wallis seine Helfershelfer mit besonderer Sorgfalt ausgesucht hatte.

„Auf jeden Fall werde ich mich hinter George dreinmachen,“ sagte er. „Sie wollen mich wahrscheinlich mit dem Führerschein nur zum besten halten. Wenn ich ihn nur einmal erst hinter Schloß und Riegel habe, kann ich vielleicht eine Menge kleiner Sachen entdecken.“

„Tun Sie das,“ sagte der Chauffeur ernsthaft, „Sie werden ihn am Autohalteplatz Haymarket heute abend gegen halb elf Uhr finden.“

„Ja, ich weiß,“ sagte der Detektiv grimmig.

Er hatte keinen Haftbefehl und keinen sonstigen Auftrag als den der Haussuchung, der ihm das Recht gab, in die Wohnung einzudringen.

Der Chauffeur Smith wurde entlassen, um wieder seinen Geschäften nachzugehn, und es wurde ihm ein Detektiv zur Überwachung nachgeschickt.

Mit welchem Erfolg diese Überwachung ausgeführt wurde, mag aus der Tatsache entnommen werden, daß um halb elf Uhr abends Inspektor Goldberg das gesuchte Auto entdeckte und es zu seinem Erstaunen genau auf dem Platz fand, den Smith ihm angegeben hatte. Und darin saß der bärtige Chauffeur mit dem ganzen Nachdruck eines Mannes, der sich nahe am Ende eines fleißigen und einträglichen Tages fühlt.

„Nun George," sagte der Inspektor scherzend, „kommen Sie herunter von Ihrem Sitz und lassen Sie mich einen Blick in Ihren Führerschein tun; wenn er nicht auf Ihren Namen ausgestellt ist, muß ich Sie hochnehmen."

Der Mann stieg nicht ab, sondern steckte seine Hand in die Tasche und holte einen kleinen Lederumschlag hervor.

Der Inspektor öffnete ihn und las.

„Ah," sagte er triumphierend, „wie ich mir dachte. Der ist auf den Namen Smith ausgestellt."

„Ich bin ja Smith," sagte der Chauffeur gelassen.

„Kommen Sie herunter," sagte der Inspektor.

Der Mann gehorchte. Es gab keinen Zweifel über seine Persönlichkeit.

„Sehn Sie," erklärte er, „als Sie Ihre plattfüßigen Schnelläufer hinter mir herhetzten, hatte ich nicht die Absicht, George zu belästigen. Er ist Manns genug, für sich selbst zu sorgen, und nebenbei bemerkt, ist sein Führerschein auf seinen eigenen Namen ausgestellt, also brauchen Sie sich deswegen keine Mühe mehr zu machen."

„Aber sobald ich merkte, daß Sie mir nicht trauten," sagte er vorwurfsvoll, „da ist mir sozusagen der Kamm geschwollen. Ich bin Ihrem eifrigen Burschen in der Oxford-Straße ausgewischt, kam hierher und nahm dem Kapitalverbrecher, dem Sie nachjagen, meinen Wagen ab."

„Wo ist er jetzt?" fragte Goldberg.

„In seiner Wohnung und zu dieser Stunde vermutlich schon in seinem Bett," sagte der bärtige Mann ehrbar.

Damit mußte sich der Inspektor zufrieden geben. Um ganz sicher zu gehn, begab er sich in das Haus in der Nähe der Charing Croß-Straße zurück und fand, wie er befürchtet, Herrn George Wallis, wenn auch nicht im Bett, so doch in seinem Schlafrock, und die seidenen Pyjamahosen hingen ihm über seine großen wollenen Pantoffeln.

„Mein verehrter Freund,“ stellte er ihn ärgerlich zur Rede, „kann ich denn nie in Ruhe gelassen werden? Muß mich denn der unglückselige Ruf, den ich habe, immer weiter verfolgen, obwohl ich reumütig bestrebt bin, ein unanstößiges Leben zu führen, wie es der Staat von seinen Bürgern verlangt?“

„Lassen Sie diese hohen Töne, George,“ brummte Goldberg. „Sie haben mich den ganzen Abend mit der Suche nach Ihnen in Atem gehalten. Wo waren Sie denn?“

„Ich war in einem Kino,“ sagte der Mann gelassen, „und habe mir mit teilnahmsvollem Interesse den Kampf eines armen, aber ehrlichen Bankangestellten um die Tochter seines reichen und schurkischen Prinzipals angesehn. Ich habe auch gesehn, wie Cowboys ihre Revolver abschossen und Polizisten wie wahnsinnig über Ebenen galoppierten. Ich habe tatsächlich die ganze Stufenleiter von Gemütsbewegungen durchlaufen, die ein richtiges Kino in einem erweckt.“

„Sie schwätzen zuviel,“ sagte der Inspektor.

Um seine Zeit nicht weiter zu vergeuden, verabschiedete er sich von Herrn Wallis, der ein schläfriges Gähnen unterdrückte; aber kaum hatte sich die Tür hinter dem Detektiv geschlossen, als Wallis seinen Schlafrock beiseite warf, aus Pyjama und Pantoffeln schlüpfte, um nach wenigen Sekunden vollständig angekleidet zu sein. Durch das Straßenfenster beobachtete er, wie die kleine Gruppe von Geheimpolizisten die Angelegenheit besprach und dann gemächlich gegen das andere Straßenende zu wandelte. Dort würde noch einmal eine Besprechung stattfinden, worauf einer von ihnen zu seiner Bewachung zurückkehren würde; aber bevor sie noch am Ende der Straße angelangt waren, hatte er das Haus verlassen und ging im Geschwindschritt in der entgegengesetzten Richtung weg.

Um den Beobachter einzulullen, hatte er sein Licht brennen lassen; er mußte an die Möglichkeit der unbemerkten Rückkehr denken. Rasch nahm er seinen Weg zu einer Untergrundbahn-Station und nach mehrmaligem wohlberechnetem Umsteigen befand er sich eine Viertelstunde später in der Gegend von Hampstead. Er ging zu Fuß zum Belsize-Park hinab und erwischte eine Autodroschke. Vorher auf der Untergrundbahn-Station hatte er sich rasch die Zeit genommen, drei verschiedene Telephonnummern anzurufen.

Kurz nach elf Uhr traf er am Chalk Farm-Bahnhof mit seinen beiden Genossen zusammen. Bis hierher war, wenn auch nur unklar und lückenhaft, Inspektor Goldberg über Wallis' Bewegungen an diesem Abend auf dem laufenden geblieben. Aber von da ab ging jede Spur verloren.

Er mochte noch so viele Mutmaßungen anstellen über das, was sicher geschehen würde – das Wild hatte seine Spur sehr geschickt verwischt.

Als um Mitternacht der Wächter der Nordprovinzbank seine Runde machte und gerade die Steintreppe vom Kellergewölbe heraufstieg, sprangen drei Männer auf ihn los und knebelten und fesselten ihn mit unglaublicher Geschwindigkeit. Sie taten ihm weiter kein Leid an, sondern versetzten ihn nur mit sachverständiger Gründlichkeit in eine Lage, daß er völlig außerstande war. Widerstand zu leisten oder Hilfe herbeizurufen. Sie schlossen ihn in ein kleines Zimmer ein, das sonst für den Prokuristen bestimmt war, und machten sich dann an ihr Werk im Kellerraum.

„Das wird uns saure Arbeit kosten," sagte Wallis und ließ seine elektrische Lampe über das Stahlgitter streifen, durch das man in die Stahlkammer gelange.

Persh, der starke Mann an seiner Seite, nickte beruhigend.

„Das Gitter hat nicht viel zu bedeuten," sagte er, „ich bring es schon auf."

„Sieh dich nach dem Läutwerk um, Callidino," sagte Wallis.

Der kleine Italiener, ein gewiegter Sachverständiger in Alarmgeräten, prüfte mit Kennerblick die Tür.

„Nichts zu finden," sagte er mit Bestimmtheit.

Persh, der hervorragendste Schloßfachmann der Welt, begann mit seiner Arbeit und nach einer Viertelstunde sprang die Gittertür auf. Dahinter, am Ende des Ganges, war eine glatte grüne Tür, der zunächst mit keinem der mitgebrachten Werkzeuge beizukommen war. Zudem zeichnete sich der Verschluß dadurch aus, daß er nicht auf der Türfläche selbst, sondern in einer kleinen Stahlkammer darüber angebracht war. Also mußte man unverzüglich das Lötrohr in Tätigkeit setzen. Wallis hatte das System der Türe sorgsam in kleinem Maßstab nachgezeichnet, so daß er genau den entscheidenden Fleck in der massiven Stahldecke kannte. Anderthalb Stunden arbeiteten sie schon, da hielt Persh plötzlich ein.

„Was war das?" sagte er.

Ohne ein weiteres Wort rannten die drei Männer den Gang zurück und die Treppe zu den Geschäftsräumen im Erdgeschoß hinauf; Persh an der Spitze.

Als er auf dem Treppenflur erschien, krachte ein Schuß und er taumelte. Er glaubte, eine Gestalt im Schatten der Wand zu sehn und feuerte danach.

„Du Narr!" sagte Wallis, „gleich wird das ganze Haus umstellt sein."

Wieder krachte ein Schuß und diesmal war kein Zweifel über den Angreifer. Wallis hatte den blendenden Lichtkegel seiner Lampe in Richtung auf das Bureau geworfen. Dort kauerte, mit dem Revolver in einer Hand, nahe bei der Tür der Wächter, den sie sicher verwahrt geglaubt hatten. Wallis knipste rasch seine Lampe ab, als der Mann zum drittenmal feuerte.

„Fort von hier, geschwind!" rief er.

Sie eilten durch einen Seitengang, auf einer kleinen Leiter durch das Oberlicht, wo sie eingedrungen waren, dann an einem schmalen Gesims entlang und durch das Strumpfgeschäft, das sie als Ausgangspunkt zum Einbruch benutzt hatten. Obwohl Persh tödlich verwundet war, nahm er seine ganze Kraft zusammen und brachte die höchste und letzte Leistung seines Lebens zustande. Sie sahen die Leute gegen die Bank zu laufen und hörten die Pfeifen der Polizei; aber sie traten in aller Gemächlichkeit zusammen aus dem Strumpfladen heraus, wie drei anständige Herren, von denen nur der eine anscheinend etwas zuviel getrunken hatte.

Wallis rief eine Droschke herbei und gab dem Fahrer in aller Ruhe genau durchdachte Anweisungen, während Callidino dem schweren Mann in das Fahrzeug half; dann fuhren sie langsam dahin. Als der Wagen sich in Bewegung setzte, brach Persh in seiner Ecke zusammen.

„Bist du schwer verwundet?“ fragte Wallis besorgt.

„Ich glaube, ich bin erledigt, George,“ flüsterte der Mann.

George untersuchte ihn mit Hilfe seiner Lampe gründlich; er seufzte und streckte seinen Kopf zum Fenster hinaus.

„Was machst du da?“ fragte Persh matt.

„Ich werde dich ins Krankenhaus bringen lassen,“ erwiderte Wallis.

„Du wirst nichts Derartiges tun,“ sagte der andre heiser. “Um Gottes willen, bring nicht die ganze Mannschaft meinetwegen in Gefahr. Ich sag dir ja, mit mir ists zu Ende. Ich kann ...“

Er brachte nichts mehr hervor, alle Muskeln seines Körpers wurden schlaff und er sank wie ein Bündel auf den Boden.

Sie hoben ihn auf.

„Mein Gott,“ sagte Wallis, „er ist tot.“

Und Persh, der freundliche, blühende Mann, war wirklich tot.

„Der Einbruch in der Nordprovinzbank bildet immer noch einen aufregenden Gesprächsstoff für die Citykreise,“ schrieb der Berichterstatter des ›Daily Monitor‹.

„Die Polizei hat eine Reihe interessanter Entdeckungen gemacht. Darüber besteht jedenfalls kein Zweifel, daß die Verbrecher entkommen sind, indem sie ihren Weg ...“ – hier folgte eine ziemlich genaue

Schilderung der Art ihrer Flucht – „Was die Polizei jedoch besonders interessiert, ist die erwiesene Tatsache, daß noch ein weiterer Mann in der Bank anwesend war, dessen Verhalten unerklärlich ist. Der vierte Mann war anscheinend an dem Raube nicht beteiligt und ohne Wissen oder Einverständnis der Einbrecher zugegen. Der heute morgen von unserem Berichterstatter befragte Bankwächter war begreiflicherweise im Interesse seiner Brotherrn mit seinen Aussagen etwas zurückhaltend, er bestätigte aber das Gerücht, wonach der vierte Mann, wer es auch war, sich wenigstens gegen ihn – den Wächter – nicht feindselig verhielt. Es verlautet weiter, daß der Wächter von den Einbrechern sehr eilig gefesselt und geknebelt wurde; wahrscheinlich ohne daß es in ihrer Absicht lag, schwebte er in ernster Gefahr, da der Knebel den Unglücklichen beinahe erstickte.

„Da, als er schon in den letzten Zügen lag, erschien die vierte Person auf der Bildfläche, zog ihm den Knebel heraus und erleichterte seine Lage. Es war offenkundig, daß er kein Mitglied der ersten Einbrecherbande war.

Die Annahme liegt nahe, daß in der fraglichen Nacht zwei getrennte, voneinander unabhängige Einbrechertrupps einen Anschlag auf die Bank vorhatten. Ob dies nun zutrifft oder nicht, jedenfalls kann man der Menschlichkeit von Numero vier die Anerkennung nicht versagen."

„So war es also." Wallis las den Bericht in seiner Morgenzeitung, ohne sich zu ärgern. Obwohl die Nacht unheilvoll für ihn geendet hatte, glaubte er Grund zur Befriedigung zu haben. „Ich hätte es mir nie verzeihen können, wenn wir den Wächter getötet hätten," sagte er zu seinem Kameraden.

Seine Augen zeigten einen müden Ausdruck und sein Gesicht war ungewöhnlich bleich. Er hatte einen aufreibenden Abend hinter sich. Nun saß er im Bureau seines Winkelbankgeschäftes und seine einzige Gesellschaft war Callidino.

„Ich glaube fast, der arme alte Persh wird uns verraten," sagte er.

„Wieso Persh?“ fragte der andre.

„Der Chauffeur wird imstande sein, uns als die Personen zu bezeichnen, die ihn begleitet haben. Ich wundere mich, daß noch keiner gekommen ist. Es hat keinen Zweck, sich aus dem Staube zu machen. Du mußt wissen,“ sagte er plötzlich, „niemand, der der englischen Polizei einmal bekannt ist, kann ihr entwischen. Es erspart einem eine Menge von Unannehmlichkeiten, wenn man die Entwicklung der Dinge abwartet.“

„Ich dachte, du wärest auf der Polizeistation gewesen,“ sagte Callidino überrascht.

„War ich auch,“ sagte Wallis. „Das habe ich als erstes getan – tatsächlich, in dem Augenblick, wo ich einen Vorwand dafür hatte – um Pershs Personalien mitzuteilen. Es hat keinen Sinn vorzugeben, daß wir ihn nicht kennten. Das einzige, was wir tun müssen, ist, das nötige Alibi nachzuweisen. Was mich betrifft, so war ich im Bett und habe geschlafen.“

„Hat dich niemand zurückkommen sehn?“ fragte Callidino.

„Nein,“ sagte Wallis kopfschüttelnd, „sie hatten einen Mann zu meiner Beobachtung zurückgelassen, der natürlich die Straße auf und ab bummelte. Nichts war leichter, als ihm hinter seinem Rücken zu folgen und im geeigneten Moment in die Türe zu schlüpfen.“

Überwachen ist ein äußerst ermüdendes Geschäft und nur sehr wenige sind sich über die körperliche Anstrengung klar, die es kostet, etwas im Auge zu behalten und immer in der gleichen Lage zu verharren. Auch ein geübter Polizist läßt sich auf die einfachste Art einlullen, und wie Wallis sagte, war es ihm nicht schwer gefallen, unbeobachtet ins Haus zurückzugelangen. Die einzige Gefahr hatte darin bestanden, daß während seiner Abwesenheit jemand bei ihm vorgesprochen hätte.

„Aber wie stehts mit dir?“

Callidino lächelte.

„Mein Alibi ist verwickelter und doch auch einfacher,“ sagte er. „Meine lieben Landsleute werden für mich schwören. Sie lügen sehr bereitwillig, diese Neapolitaner.“

„Bist du nicht auch ein Neapolitaner?“

„Sizilianer,“ lächelte der andre. „Neapolitaner! Was glaubst du?“

Wallis belustigte sich über die Geringschätzung, die aus seiner Stimme klang.

„Wer ist der vierte Mann?“ fragte Callidino plötzlich.

„Unser geheimnisvoller Fremder, darüber habe ich keinen Zweifel,“ sagte George Wallis verdrossen. „Aber wer zum Teufel ist er? Ich habe noch nie in meinem Leben einen Menschen umgebracht, aber ich werde außergewöhnliche Maßnahmen treffen müssen, um meine Neugierde in dieser Richtung zu befriedigen.

„Es muß eine Teilung der Beute erfolgen,“ sagte er nach einer Weile, „ich werde mich heute noch daran machen. Persh hat irgendwo auf der Welt Verwandte, eine Tochter oder eine Schwester, die muß ihren Anteil haben. In Southwark gibt es einen Winkeladvokaten, der die Sache für uns übernehmen wird; wir müssen einen Onkel zu diesem Zweck sterben lassen.“

Callidino nickte zustimmend.

„Was mich anlangt,“ sagte er, sich erhebend und reckend, „so locken mich schon längst die Weinberge des Südens. Ich werde mir eine Villa in Montecatini bauen und edle Weine trinken, eine zweite am Lago Maggiore, um dort zu baden. Für den Rest meines Lebens werde ich nichts weiter mehr tun als essen, trinken und baden.“

„Ein ganz schauderhafter Gedanke!“ erwiderte Wallis.

Das Rätsel des vierten Mannes quälte ihn mehr, als er zugestand. Es rüttelte an seinen Nerven. Mit der Polizei kannte er sich aus; auf sie war er gefaßt und konnte auch gegen sie ankämpfen; aber dieser vierte Mann da war ebenso verschlagen wie sie; er kannte ihre Pläne, verfolgte sie und hielt sie unter ständiger Beobachtung. Warum? Was war sein Ziel? Er war sich nicht im Zweifel, daß der vierte Mann der gleiche war, der ihnen in Hatton Garden zugeschaut hatte.

Wenn es eine Schrulle war, so war sie so außergewöhnlich, daß sie nur einem Verrückten zuzutrauen war. Wenn er aber ein bestimmtes Ziel im Auge hatte, warum trat er dann nicht damit hervor und gab es bekannt?

„Ich frage mich, wie ich ihn in meine Hände bekommen kann?“ sagte er halblaut.

„Setz doch eine Annonce in die Zeitung,“ sagte Callidino.

Eine scharfe Entgegnung lag Wallis auf der Zunge, aber er unterdrückte sie. Schließlich war die Sache nicht ganz von der Hand zu weisen. Man konnte manches durch die Spalten der Tagespresse machen.

12. Der Aufbewahrungsort der Beute

„Will der ungebetene Gast von Hatton Garden mit dem Mann, der auf dem Boden lag, in Verbindung treten und eine Zusammenkunft ermöglichen? Der Mann auf dem Boden hat einen Vorschlag zu machen und verspricht dem ungebetenen Gast persönliche Sicherheit.“

Als Gilbert Standerton beim Frühstück diese Anzeige las, spielte ein leises Lächeln um seine Mundwinkel.

Edith sah das Lächeln.

„Was belustigt dich, Gilbert?“ fragte sie.

„Es gibt so komische Anzeigen, denke ich gerade.“

Sie hatte die Richtung seiner Augen verfolgt, merkte sich genau die Seite der Zeitung und wartete auf eine günstige Gelegenheit, um selbst den Grund für seine Belustigung zu finden.

„Übrigens,“ sagte er leichthin, „ich werde heute etwas Geld auf deinen Namen bei der Bank anlegen.“

„Auf meinen Namen?“ fragte sie.

Er nickte.

„Ja, ich habe in der letzten Zeit auf der Börse ziemlich Glück gehabt – ich habe aus amerikanischen Eisenbahn-Papieren zwölftausend Pfund erzielt.“

Sie blickte ihn fest an.

„Ist das dein Ernst?“ fragte sie.

„Warum soll das nicht mein Ernst sein,“ entgegnete er. „Weißt du, amerikanische Eisenbahnen sind kürzlich ziemlich in die Höhe gegangen und so bin ich zu diesem Gewinn gekommen.“

Wieder lächelte er. „Ich griff zu, als sie niedrig standen, und stieß sie ab, als sie in die Höhe gingen. Hier ist die Aufstellung des Maklers.“

Er zog sie aus der Tasche und reichte sie über den Tisch.

„Ich habe das Gefühl,“ sagte er in scheinbar scherzhaftem Ton, „du solltest wissen, daß ich nicht mein ganzes Einkommen aus meinem dunklen Gewerbe beziehe.“

Sie gab keine Antwort darauf. Sie wußte, wer der vierte Mann gewesen war. Warum war er dorthin gegangen? Was hatte er für ein Ziel damit verfolgt?

Wenn er ein Detektiv gewesen wäre oder im Dienste der Regierung gehandelt hätte, würde er es ihr gestanden haben. Ihr Herz hatte gezittert, als sie die in den Zeitungen entwickelte, aufregende Mutmaßung las.

Er war der andre Einbrecher.

Dies alles ging ihr durch den Kopf, während er das Papier vor ihr auf den Tisch gelegt hatte.

Die Aufstellung war klar genug; da standen die Beträge schön säuberlich geordnet und nacheinander aufgeführt.

„Du wirst bemerken, daß ich nicht alles auf deinen Namen eingetragen habe,“ scherzte er, „etwas davon geht auch auf meinen.“

„Gilbert,“ fragte sie, „warum hast du Geheimnisse vor mir?“

„Was für Geheimnisse habe ich vor dir?“ erwiderte er.

„Warum hast du mir die Tatsache verschwiegen, daß du vorgestern Nacht in der Bank gewesen bist, als sich diese schreckliche Geschichte zutrug?“

Er antwortete nicht gleich.

„Ich habe es dir nicht verschwiegen,“ sagte er dann. „Ich habe es tatsächlich zugegeben – es ist mir entschlüpft, das gestehe ich, aber ich habe es zugegeben.“

„Was hast du dort getan?“ forschte sie.

„Meinem Glücksstern bin ich nachgegangen,“ sagte er feierlich. Aber sie ließ sich durch seinen scherzhaften Ton nicht abbringen.

„Was hast du dort getan?“ fragte sie wieder.

„Ich habe drei interessante Einbrecher bei ihrer Arbeit beobachtet,“ sagte er, „wie ich sie nicht nur einmal, sondern schon viele Male beobachtet habe. Siehst du, ich habe eine besondere Begabung nach einer Richtung. Von Natur aus hätte ich wohl ein Einbrecher werden sollen, aber meine Abkunft und Erziehung und eine gewisse Achtung vor dem Gesetz verhinderten diesen Lebenslauf. Ich bin ein Dilettant: ich begehe keine Verbrechen, aber ich habe ein ungeheures Interesse dafür. Ich suche,“ sagte er langsam, „herauszufinden, welchen Zauber das Verbrechen auf ein normales Gemüt ausübt; außerdem habe ich einen besondern Grund, die Schätze, die diese Leute sammeln, zu kontrollieren.“

Ihre sorgenvolle Stirn offenbarte ihre Verwirrung; sie tat ihm leid; er wollte sie nicht aufregen, aber sie wußte nun schon so viel, daß er ihr mehr erzählen mußte.

Er hatte an die Möglichkeit geglaubt, alles vor ihr geheim zu halten; doch zwei Leute können nicht zusammen im gleichen Haus leben und sich gegenseitig für das Kommen und Gehen des andern interessieren, ohne daß etwas von ihren wohlbehüteten Geheimnissen enthüllt wird.

„Was ich nicht begreifen kann,“ sagte sie gedehnt und um einen Anfang für dieses heikle Thema verlegen.

„Was kannst du nicht begreifen?“ fragte er.

„Ich kann nicht begreifen, warum du plötzlich auf alle deine normalen Vergnügungen verzichtetest, warum du aus dem Auswärtigen Amt ausgetreten bist, warum du die Musik aufgegeben hast und, vor allem, warum dieser Umschwung in deinem Leben unmittelbar, nachdem die ›Melodie in F-Dur‹ gespielt wurde, eingetreten ist?“

Er schwieg einen Augenblick, und als er wieder sprach, klang seine Stimme leise und verwirrt.

„Du hast nicht ganz recht,“ sagte er. „Ich hatte meine Beobachtungen des Verbrechertreibens schon begonnen, bevor jene Melodie gespielt wurde.“ Er hielt ein. „Ich habe allerdings befürchtet, daß früher oder später die ›Melodie in F-Dur‹ unter meinem Fenster gespielt würde, und war auf diesen bösen Tag schon halb und halb gefaßt. Das ist alles, was ich dir sagen kann,“ erklärte er.

„Sag mir nur das eine noch,“ sagte sie, als er aufstand, „wenn ich dich geliebt hätte und dir alles gewesen wäre, was du dir wünschtest, hättest du dann auch diesen Weg eingeschlagen?“

Er sann eine Weile nach. „Das kann ich dir nicht sagen,“ antwortete er schließlich, „möglich, daß ich es getan hätte, vielleicht auch nicht. Ja,“ sagte er mit einem Kopfnicken, „ich hätte getan, was ich jetzt tue, nur wäre es mir viel schwerer gefallen, wenn du mich geliebt hättest. Wie es nun einmal ist – –“ er zuckte die Achseln.

Bald danach ging er aus dem Hause; sie fand die Zeitung, die er gelesen hatte und entdeckte ohne Mühe die Anzeige.

Dann war er also der ungebetene Gast von Hatton Garden, und was er gesagt hatte, beruhte auf Wahrheit. Er hatte diese Leute beobachtet und sie hatten darum gewußt.

Es schwirrte in ihrem Kopf, als sie sich hinsetzte, um die Fäden des Geheimnisses zusammenzuknüpfen. Zum Schluß mußte sie es aus bloßer Erschöpfung aufgeben und war der Lösung nicht näher als am Anfang.

Es hatte nicht in Gilberts Absicht gelegen, den Abend außer dem Hause zuzubringen. Er sagte sich, seine Frau würde sich ängstigen und sorgen; abgesehn davon hatte er die Häuslichkeit in gewissem Sinne schätzen gelernt; war auch das Leben, das er führte, außergewöhnlich, so hatte es doch seine reizvollen und anziehenden Seiten.

Das Bewußtsein, sie jeden Morgen zu treffen, tagsüber mit ihr zu sprechen und einen immer besseren Freund an ihr zu haben, bereitete ihm eine ganz besondere Freude.

Er war nach seinem kleinen, über einem Laden gelegenen Bureau in Cheapside gegangen, das er gemietet hatte, weil seine Geschäfte in der City es nötig machten.

Er schloß die Tür zu dem winzigen Zimmer im dritten Stock auf, trat ein und machte die Tür hinter sich zu. Es waren einige Briefe da, die an ihn in seiner Eigenschaft als Inhaber des Bureaus gerichtet waren; sie enthielten hauptsächlich geschäftliche Mitteilungen ohne besondere Bedeutung.

Er setzte sich an seinen Schreibtisch, um eine kurze Nachricht nach Hause zu geben; da er glaubte, er werde vielleicht heute abend spät heimkommen, wollte er sein Wegbleiben erklären. Obwohl er seiner Frau keine Rechenschaft über seine Schritte schuldig war, nahm sie nun einmal einen wichtigen Platz in seinem Leben ein und konnte mit gutem Grund erwarten, über seine nächsten Pläne unterrichtet zu sein.

Kaum hatte seine Feder das Papier berührt, als es an die Türe klopfte.

„Herein," sagte Gilbert etwas überrascht.

Es kam selten vor, daß ihn Leute hier aufsuchten. Er erwartete, vielleicht einen Inseratenwerber zu sehen, der einen Auftrag bekommen wollte; doch der Mann, der eintrat, war nichts so Gewöhnliches. Gilbert kannte ihn als einen Herrn Wallis, einen umgänglichen, freundlichen Mann.

„Wollen Sie Platz nehmen, bitte?" sagte er, ohne mit der Wimper zu zucken.

„Ich möchte mit Ihnen sprechen, Herr Standerton," erwiderte Wallis, machte aber keine Anstalten, sich zu setzen. „Hätten Sie etwas dagegen, auf mein Bureau mitzukommen?"

„Ich meine, wir können uns auch hier besprechen," sagte Gilbert ruhig.

„Es wäre mir lieber, Sie in meinem Bureau zu sprechen," sagte der Mann. „Wir sind dort ungestörter. Sie haben doch wohl keine Angst mitzukommen?" sagte er mit einem kaum merklichen Lächeln.

„Jedenfalls bin ich nicht gerade darauf versessen, zu Ihnen zu gehn," lächelte Gilbert. „Aber da dieses Bureau hier sehr beschränkt und gar nicht für große Gedankenflüge geeignet ist, will ich mit Ihnen gehn. Ich nehme an, Sie haben die Absicht, mich in Ihr Vertrauen zu ziehn?"

Er blickte den andern eigentümlich an und Wallis nickte.

Die zwei Männer verließen zusammen das Bureau und Gilbert war wirklich neugierig, welchen Vorschlag ihm der andre machen würde.

Zehn Minuten später waren sie an dem Laden in der St. Bride-Straße, jener hervorragenden Geldschrankhandlung, deren Geschäft sich offenbar sprunghaft erweitert hatte.

Gilbert Standerton blickte um sich. Der Geschäftsführer, ein Muster von Ehrbarkeit, war anwesend. Er verbeugte sich höflich vor Wallis und war vielleicht etwas überrascht, ihn zu sehn, denn der Besitzer der Geldschrankhandlung war ein seltener Besuch in der St. Bride-Straße.

„In mein Bureau, denke ich," schlug Wallis vor.

Er schloß die Tür hinter ihnen.

„Nun sagen Sie mal unumwunden, was wünschen Sie eigentlich?" fragte Gilbert.

„Nehmen Sie eine Zigarre?" Herr Wallis schob ihm die Kiste hin.

Gilbert lächelte.

„Sie brauchen keine Angst davor zu haben," sagte Wallis mit einem Augenzwinkern. „Es ist kein Schwindel und nichts Unrechtes dabei, es ist meine Leibmarke."

„Ich rauche keine Zigarren," sagte Gilbert.

„Lüge Nummer eins," entgegnete Wallis lustig. „Das ist ein vielversprechender Anfang für einen Austausch von Vertraulichkeiten. Nun, Herr Standerton, wir wollen ganz offenherzig gegeneinander sein, wenigstens ich werde ganz offen zu Ihnen sein. Ich hoffe. Sie werden mein Vertrauen erwidern, weil ich es nach meiner Meinung verdiene. Sie wissen so viel über mich und ich so wenig über Sie, daß es nur recht und billig wäre, wir glichen das Verhältnis aus."

„Ich bin nicht abgeneigt," sagte Gilbert, „und wenn ich irgendeinen Vorteil darin erblicken kann, dürfen Sie überzeugt sein, daß ich Ihrem Vorschlag entsprechend handeln werde."

„Vor einigen Monaten," sagte Herr Wallis, der langsam an seiner Zigarre paffte und aufmerksamen Blickes die Decke betrachtete, „waren ich und einer meiner Freunde mit einer fachmännischen Arbeit beschäftigt."

Gilbert nickte. „Mitten in dieser Arbeit wurden wir von einem Gentleman unterbrochen, der sein Gesicht bescheiden hinter einer Maske verbarg aus einem Grunde, den er selbst am besten weiß." Er zuckte mit den Achseln. „So sehr ich diesen Zwischenakt beklage, so kann ich doch seiner Verschwiegenheit meinen Beifall nicht versagen. Seitdem," fuhr er fort, „sind die Bemühungen meiner Freunde in ihrem beruflichen Streben nach Reichtum von dem gleichen Gentleman gestört und vereitelt worden. Manchmal haben wir ihn zu Gesicht bekommen und manchmal haben wir seine Anwesenheit erst entdeckt, nachdem wir uns vom Schauplatz unsrer Tätigkeit zurückgezogen hatten. Nun, Herr Standerton, dieser junge Mann mag ausgezeichnete Gründe für sein ganzes Tun haben, aber er bildet eine beträchtliche Gefahr für unsre Sicherheit."

„Wer ist der junge Mann?" fragte Gilbert Standerton.

„Der junge Mann," sagte Herr Wallis, ohne seine Augen von der Decke wegzunehmen, „sind Sie selbst."

„Woher wissen Sie das?" sagte Gilbert gelassen.

„Ich weiß es," sagte der andre mit einem Lächeln, „und das genügt. Ich kann es merkwürdigerweise beweisen, ohne Ihr Gesicht erkannt zu haben." Er schob ein Tintenfaß vom Tischende heran. „Möchten Sie nicht einen kleinen Fingerabdruck auf dieses Blatt Papier machen?" und legte ihm ein Blatt Papier hin.

Gilbert schüttelte lächelnd den Kopf.

„Ich sehe keinen Grund ein, warum ich es tun sollte," sagte er kühl.

„Ganz richtig. Wenn Sie es täten, würden wir einen sehr interessanten Fingerabdruck zum Vergleich damit finden. Ich habe im Geschäft hier," fuhr Herr Wallis fort, „einen großen Geldschrank, der schon mehrere Monate bei uns steht."

Gilbert nickte.

„Eigentum eines Kunden, der die Schlüssel hatte," sagte er.

„Ganz recht," sagte Wallis, „Sie erinnern sich meiner Lüge darüber. Zu diesem Schrank gibt es drei Gruppen von Schlüsseln und ein Chiffreschloß. Ich habe drei gesagt," – er verbesserte sich genau – „tatsächlich sind es vier. Ich beging eine grobe Nachlässigkeit, als ich vor drei Wochen die Schlüssel zu diesem Geldschrank in einer Rocktasche hier in diesem Bureau ließ."

„Ich muß gestehn," sagte er mit einem Lächeln, „daß ich Sie nicht in Verdacht hatte. Sie verfügten über eine so vollkommene Kenntnis meines Tuns oder meiner vielen Geheimnisse. Meine Dummheit fiel mir um elf Uhr des gleichen Abends ein und ich kam noch einmal zurück, um das Vergessene zu holen. Ich fand sie genau da, wo ich sie gelassen hatte, aber jemand anders hatte sie ebenfalls gefunden und dieser jemand anders hatte einen Wachsabdruck davon genommen. Überdies," – er beugte sich Gilbert zu und dämpfte seine Stimme, „dieser jemand anders hat sich seitdem die Gewohnheit angeeignet, nächtlicherweile aus bestimmten

Privatgründen an diesen Ort zu kommen. Sind Ihnen diese Gründe bekannt, Herr Standerton?“

„Vielleicht will er sich einen Geldschrank aussuchen?“ meinte Gilbert ironisch.

„Er kommt, um uns den Ertrag unsrer Arbeit zu rauben,“ sagte Wallis; da er Sinn für Humor hatte, lächelte er sogar bei diesen Worten.

„Irgendeine Persönlichkeit, deren Gewissen oder rechtschaffner Sinn sie verhindert, ein berufsmäßiger Einbrecher zu werden, gibt sich mit dem reizvollen Unternehmen ab, den Räuber zu berauben. Mit andern Worten, etwa zwanzigtausend Pfund in gutem Geld sind aus meinem Schrank entnommen worden.“

„Geliehen, darüber gibt es keinen Zweifel,“ sagte Gilbert Standerton und lehnte sich mit den Händen in den Taschen und einem harten Ausdruck in den Augen in seinen Stuhl zurück.

„Was meinen Sie damit – geliehen?“ fragte Wallis überrascht.

„Geliehen von jemandem, der Geld verzweifelt nötig hat; von jemandem, der sich auf Börsengeschäfte viel besser versteht als viele von den Leuten, die ein besonderes Studium daraus machen; von jemandem, dessen Kenntnisse ihm die schwierigsten Spekulationen mit der geringsten Verlustgefahr erlauben würden, der aber trotzdem fürchtet, irgendeinem unglückseligen Makler durch einen zufälligen Mißerfolg Schaden zuzufügen.“

Er beugte sich, mit dem Ellbogen auf dem Tisch und halb abgewandtem Gesicht, gegen Wallis vor. Er hatte die äußere Tür sich laut schließen hören und wußte, daß sie jetzt allein waren und daß Wallis es so geplant hatte.

„Ich brauchte Geld um jeden Preis,“ sagte er. „Ich hätte es leicht stehlen können. Ich wollte es sogar. Ich habe Sie einen Monat lang beobachtet, wie ich andre Verbrecher jahrelang beobachtet habe. Ich kenne ebenso viele Tricks von diesem Gewerbe wie Sie. Erinnern Sie sich, daß ich im Auswärtigen Amt in der Abteilung war, die sich hauptsächlich mit ausländischen Spitzbuben befaßt, und daß ich in Wirklichkeit ein Polizeibeamter war, obwohl ich nicht die Befugnisse eines solchen hatte."

„Ich weiß das alles," sagte Wallis.

Er war neugierig, und wünschte ebensosehr, sich zu seinem unmittelbaren Nutzen belehren zu lassen, als zu dem Zweck, seine umfassende Menschenkenntnis zu erweitern.

„Ich bin ein Dieb – tatsächlich, der Grund braucht Sie nicht zu kümmern."

„Hatte die Melodie in › F-Dur‹ irgend etwas damit zu tun?" fragte der andre trocken.

Gilbert Standerton sprang auf.

„Was wollen Sie damit sagen?" fragte er.

„Genau das, was ich sage," erwiderte der andre, ihn scharf beobachtend. „Ich sage mir, Sie müssen ein absonderliches Verlangen gehabt haben, diese Melodie spielen zu hören. Warum? Ich muß gestehn, daß ich neugierig bin."

„Sparen Sie sich Ihre Neugier für etwas auf, das Sie angeht," entgegnete der andre barsch. „Wo haben Sie es erfahren?" fügte er hinzu und Wallis lachte.

„Wir haben Nachrichtenquellen – –" begann er prahlerisch.

„O, ja," nickte Gilbert, „natürlich, Ihr Freund Smith wohnt bei den Wings. Das hatte ich vergessen."

„Mein Freund Smith – Sie meinen meinen Chauffeur, vermute ich."

„Ich meine Ihren Kumpan, das vierte Glied Ihrer Bande, den Mann, der nie bei einer Ihrer Unternehmungen auftritt und der in mannigfacher Verkleidung die Grundlagen für künftige Räubereien schafft. Oh, ich weiß Bescheid über diese ganze Geschichte," sagte er, mit seiner Hand das Geschäftslokal umschreibend. „Ich kenne diese famose Idee mit einer Geldschrankhandlung. Sie ist sehr geistreich, aber nicht originell. Ich glaube, vor einigen Jahren hat man sie in Italien schon benutzt. Sie suchen

Geldschränke in Landhäusern anzubringen, indem Sie sie zu lächerlichen Preisen anbieten, und der Rest ist einfach. Sie haben die Schlüssel und können jederzeit in das Haus, wohin ein solcher Schrank verkauft ist, und wissen genau, daß Sie die ganzen Wertsachen und das ganze flüssige Vermögen auf dem einen Platz versammelt finden, der Ihnen zugänglich ist.“

Wallis nickte. „Stimmt ganz genau, mein Freund,“ sagte er. „Aber ich brauche keine Belehrung über mich selbst. Wollen Sie mir gütigst genau erklären, welche Rolle Sie spielen? Haben Sie den Eindruck, daß Sie zu den anständigen Leuten gerechnet werden?“

„Ich glaube nicht,“ sagte der andre kurz. „Die Moral meiner Handlungen hat durchaus nichts mit der Sache zu tun. Darüber gebe ich mich keiner Täuschung hin.“

„Sie sind ein glücklicher Mann,“ sagte George Wallis beifällig. „Aber wollen Sie mir bitte sagen, welche Rolle Sie spielen, und wie Sie Ihre Handlungsweise rechtfertigen, von Zeit zu Zeit große Geldsummen aus unserm Besitz fortzunehmen und an Ihren eigenen geheimen Aufbewahrungsort zu bringen?“

„Ich rechtfertige sie nicht,“ sagte Gilbert. Er stand auf und schritt in dem kleinen Bureau auf und ab, während der andre ihn nicht aus den Augen ließ.

„Ich sage Ihnen, ich weiß, daß ich dem Sinne nach ein Dieb bin, aber ich arbeite nach einem bestimmten Plan.“

Er wandte sich dem andern zu.

„Wissen Sie, daß es keinen Raubzug gibt, den Sie unternommen haben, ohne daß ich den genauen Ertrag kannte? Es gibt kein Juwelenstück, das Sie an sich genommen haben, von dem ich nicht den Besitzer und den genauen Wert kenne. Ja,“ nickte er, „ich weiß auch, daß Sie keinen einzigen Gegenstand ›verklopft‹ und daß Sie alles in Ihrem Geldschrank aufbewahrt haben. Wenn ich Glück habe, hoffe ich, nicht nur Ihnen zu ersetzen, was ich Ihnen weggenommen habe, sondern auch jeden Pfennig zurückzuerstatten, den Sie gestohlen haben."

Wallis fuhr auf. „Wie meinen Sie das?" fragte er.

„Seinem rechtmäßigen Besitzer zurückzuerstatten," fuhr Gilbert gelassen fort.

„Ich habe mich bemüht, in eine Lage zu kommen, in der ich Ihnen sagen kann: „Hier ist ein Halsband, Eigentum der Lady Dynshird, im Werte von viertausend Pfund, ich will Ihnen einen anständigen Preis dafür geben, wollen wir sagen eintausend – das ist viel mehr, als Sie bei einem Verkauf erlösen könnten – und wir wollen es seiner Besitzerin zurückerstatten. Ich will zu Ihnen sagen: ›Ich habe zehntausend Pfund in Gold und in französischen Banknoten aus Ihrem Verwahrungsort genommen, hier ist der Betrag für Sie selbst, hier ist ein entsprechender Betrag, der den Leuten, denen das Geld genommen worden ist, zurückgegeben werden muß.‹ Ich habe eine sorgfältige Aufstellung über jeden Pfennig gemacht, den Sie gestohlen haben, seit ich als außerordentliches Mitglied mit Ihrem Trupp in Verbindung stehe."

Er lächelte grimmig.

„Mein lieber Don Quijote," näselte George Wallis ungläubig. „Sie haben sich eine unmögliche Aufgabe vorgenommen."

Gilbert schüttelte seinen Kopf.

„Nein, wirklich nicht," entgegnete er. „Ich habe weit mehr Geld auf der Börse gewonnen, als ich je geglaubt hätte, in meinem Leben zu besitzen."

„Wollen Sie mir eine Frage beantworten," sagte der andre. „Wie ist Ihr plötzliches Verlangen nach Reichtum zu erklären – dieses plötzliche Verlangen, das, wenn ich mich nicht täusche so plötzlich aufkam?"

„Dafür kann ich Ihnen keine Erklärung geben," sagte Gilbert und seine Worte klangen unnachgiebig.

Es entstand eine kleine Pause, dann stand George Wallis auf.

„Ich meine, es wäre besser, wir würden uns nun verständigen,“ sagte er. „Sie haben uns an die zwanzigtausend Pfund weggenommen – zwanzigtausend Pfund von unserm Hab und Gut sind einfach nicht mehr vorhanden.“

Wieder schüttelte Gilbert den Kopf.

„Nein, nicht ein Pfennig davon ist weg. Ich sage Ihnen, ich habe es als Reserve für den Bedarfsfall gebraucht. Tatsächlich habe ich es jetzt nicht mehr nötig,“ lächelte er. „Ich könnte es Ihnen heute abend zurückerstatten.“

„Sie würden mich zu großem Dank verpflichten, wenn Sie es täten,“ entgegnete Wallis.

Gilbert schaute ihn an.

„Sie gefallen mir eigentlich, Wallis,“ sagte er, „Sie haben etwas an sich, was mich zur Bewunderung reizt, ein so großer Gauner Sie auch sind.“

„Große Gauner wir sind,“ verbesserte Wallis. „Da Sie ja sonst keine Illusionen haben, machen Sie sich, bitte, jetzt auch darüber keine!“

„Sie haben wohl recht,“ sagte der andre traurig.

„Wie soll die Sache nun zu einem Ende kommen?“ fragte Wallis. „Wo wollen wir die Abrechnung vornehmen? Und sind Sie gewillt, mit dieser hochherzigen Regelung fortzufahren, solange mein Unternehmen besteht?“

Standerton schüttelte den Kopf.

„Nein,“ erwiderte er, „Ihr Geschäft nimmt heute abend sein Ende.“

„Mein Geschäft?“ fragte Wallis verdutzt.

„Ja, Ihr Geschäft,“ antwortete der andre. „Sie haben sich Geld genug verschafft, um sich damit zur Ruhe zu setzen. Geben Sie es auf! Ich habe so viel Geld erworben, daß ich Ihren ganzen Bestand an Wertsachen“ – wieder lächelte er – „übernehmen und jeden Pfennig wieder ersetzen kann, den Sie gestohlen haben. Ich wäre in den nächsten Tagen mit diesem Vorschlage zu Ihnen gekommen.“

„Und so sollen wir also heute abend Schluß machen, meinen Sie?“ sagte Wallis nachdenklich. „Mein lieber Freund,“ sagte er heiter, „heute abend – gerade wo ich im Begriff bin, den wunderbarsten aller meiner Streiche auszuführen! Sie würden lachen, wenn Sie erführen, wen ich mir zum Opfer auserkoren habe.“

„Mir ist seit einiger Zeit gar nicht nach Lachen zumute,“ erwiderte Gilbert. „Wer ist es?“

„Ich werde es Ihnen ein andermal sagen,“ antwortete Wallis.

Mit den Händen in den Taschen ging er zur Bureautüre, blieb eine kleine Weile stehen, um einen mächtigen Geldschrank zu bewundern, und pfiff einen Schlager vor sich hin.

„Finden Sie nicht auch, daß es eine hervorragende Idee von mir ist,“ fragte er so nebenbei mit der Miene eines Vorstadtbürgers, der voll Stolz ein neues Gurkenbeet zeigt, „dieser Geldschrank?“

„Ja, ich finde sie ganz ausgezeichnet.“

„Das Geschäft geht gut,“ sagte Wallis wehmütig. „Es ist ein Jammer, es aufgeben zu sollen, nachdem wir so viele Unannehmlichkeiten hinter uns haben. Wissen Sie, vielleicht verkaufen wir im Jahr kein halbes Dutzend an die richtige Art von Leuten, aber wenn wir auch nur einen einzigen verkaufen – nun dann machen sich unsere Spesen bezahlt! Die Sache ist so einfach,“ sagte er.

„Übrigens, haben Sie keinen wertvollen Halsschmuck vermißt, den man der Polizei ausgehändigt hat? Sie brauchen sich nicht zu rechtfertigen!“ Er erhob die Hand. „Ich begreife, das ist eine Familienangelegenheit. Es tut mir leid, Ihnen irgendwie Unannehmlichkeiten bereitet zu haben.“

Seine spöttische Höflichkeit machte Gilbert Spaß.

„Es war keine Familiensache,“ sagte er. „Ich hatte keine Ahnung, wem er gehöre; es war nur jemand sehr nachlässig – – . Ich fand den Halsschmuck außerhalb des Geldschrankes. Offenbar hatte man andre Habe eilig in Verwahrung gebracht und dabei ist er herabgefallen.“

„Ich bin Ihnen sehr zu Dank verbunden," sagte Wallis. „Sie haben etwas beiseite gebracht, was sonst vielleicht den achtbaren Herrn Timmings in große Versuchung geführt hätte."

Er nahm einen Schlüssel aus der Tasche, drehte am Kombinationsschloß und öffnete den Schrank. Nichts darin ließ auf den ersten Blick vermuten, daß hier das Lager des berühmtesten Diebes von London sei. Jeder Gegenstand war sehr sorgfältig verpackt und verschnürt. Er schloß die Tür wieder.

„Das ist nur die Hälfte des Schatzes," sagte er.

„Nur die Hälfte – was meinen Sie damit?"

Gilbert zeigte eine so ehrliche Überraschung, daß ein leises spöttisches Lächeln um die Lippen des andren spielte.

„Ich dachte, daß Sie darüber sehr erstaunt sein würden," sagte er. „Ja, das ist nur die Hälfte. Ich werde Ihnen etwas zeigen. Nachdem Sie schon soviel wissen, warum sollten Sie nicht alles wissen?"

Er kehrte ins Bureau zurück, schloß die Tür zu einem andern Raum auf und schritt, von Gilbert gefolgt, hinein. Es war ein kleines, durch Oberlicht beleuchtetes Zimmer, dessen Mitte von einer Art Käfig eingenommen wurde. Es war in Wirklichkeit ein Stahlgitter zum Umschließen von Geldschränken, wie sie manchmal französische Firmen verkaufen.

„Ein hübscher Käfig," sagte Herr Wallis mit Stolz.

Er schloß die schmale Stahltür auf und trat hinein; Gilbert folgte ihm.

„Wie haben Sie ihn überhaupt hereingebracht?" fragte Gilbert neugierig.

„Er war in Teile zerlegt und ist eben erst zusammenmontiert worden, damit er Kunden gezeigt werden kann. Er kann sehr leicht auseinandergenommen werden und zwei oder drei Mechaniker können ihn in einem Tag wegschaffen."

„Ist das Ihre andre Abteilung?" fragte Gilbert trocken.

„In gewissem Sinne ja," sagte Wallis, „und ich werde Ihnen zeigen wieso. Wenn Sie dort in die Ecke gehn und den ersten Riegel herunterziehn, werden Sie etwas sehn, was Sie vielleicht nie zuvor gesehn haben."

Gilbert war schon halbwegs in der Ecke, als ihm plötzlich der durchsichtige Trick klar wurde. Er wandte sich rasch um, aber eine Pistole war genau auf sein Herz gerichtet.

„Nehmen Sie Ihre Hände hoch, Herr Gilbert Standerton," sagte George. „Sie mögen es ja mit Ihren Abrechnungsvorschlägen ganz ehrlich meinen, aber ich habe mir doch überlegt, daß ich lieber erst noch das Geschäft heute abend ausführe, bevor ich mich ins Privatleben zurückziehe. Sie müssen wissen, es wird wieder ein Fall poetischer Gerechtigkeit sein. Ihr Onkel – –"

„Mein Onkel!" sagte Gilbert.

„Ihr Onkel," erwiderte der andre mit einer Verbeugung. „Ein ehrenwerter, aber wunderlicher alter Gentleman, der in einem unsrer besten Geldschränke Juwelen im Werte von beinah einer Viertelmillion Pfund verwahrt hat, die berühmten Standerton-Diamanten, die Sie, nehme ich an, eines Tages erben sollen."

„Ist es nicht poetische Gerechtigkeit," fragte er, während er, mit seiner Pistole den Gefangenen in Schach haltend, rückwärts hinausging, „gerade Sie ein bißchen zu berauben? Möglicherweise," fuhr er mit grimmigem Humor fort, „habe auch ich Gewissensskrupel und werde bestrebt sein. Ihnen das Eigentum, das ich heute nacht stehlen werde, wieder zu ersetzen."

Er ließ die Gittertür klirrend einschnappen, schloß sie zweimal ab und ging an die Tür zum Bureau.

„Sie werden hier achtundvierzig Stunden bleiben," sagte er; „nach Ablauf dieser Zeit werden Sie frei gelassen werden – auf mein Wort. Es mag sehr unangenehm für Sie sein, aber es gibt noch viel unangenehmere Ereignisse im Leben, die wir erdulden müssen. Ich überlasse Sie Ihrem gütigen Geschick."

Damit ging er hinaus. Gilbert glaubte, er sei fortgegangen, aber nach einer Viertelstunde kehrte er wieder, brachte einen großen Kaffeetopf, zwei funkelnagelneue Thermosflaschen und zwei Pakete mit, deren Inhalt sich später als belegte Brote erwies.

„Ich kann Sie nicht verhungern lassen," sagte er. „Es wird sich empfehlen, Ihren Kaffee warm zu halten. Da es Ihnen in Ihrer langen Wartezeit vielleicht zu kalt werden könnte, habe ich Ihnen noch etwas mitgebracht."

Er ging ins Bureau zurück, holte zwei schwere Mäntel und schob sie durch die Gitterstangen.

„Das ist sehr anständig von Ihnen," sagte Gilbert.

„Nicht der Rede wert," entgegnete der höfliche Herr Wallis.

Gilbert war ohne Waffe; aber auch wenn er eine besessen hätte, so hätte sie ihm nichts geholfen.

Wallis ließ die Pistole nicht aus der Hand, und sogar als er die Lebensmittel durch das Gitter reichte, hielt er den Kolben des Selbstladers in der Faust.

„Ich wünsche Ihnen einen recht guten Abend. Falls Sie gern eine völlig unverfängliche Mitteilung, etwa des Inhalts, Sie könnten wegen dringender Geschäfte nicht heimkommen, an Ihre Frau schicken möchten, würde es mir ein besonderes Vergnügen bereiten, die Nachricht überbringen zu lassen."

Er reichte durch das Gitterwerk ein Blatt Papier und einen Füllfederhalter hinein. Es war eine feinfühlige Aufmerksamkeit, die Gilbert wohl zu schätzen wußte.

Dieser Schwerverbrecher zeigte bessere Charakterzüge als manche Leute, die nie mit dem Gesetz in Konflikt gekommen sind.

Er schrieb rasch ein paar Worte der Entschuldigung, faltete das Blatt, steckte es in den Umschlag und klebte diesen zu, bevor ihm einfiel, daß der Mann, der ihn gefangen gesetzt hatte, den Inhalt wohl lesen wollte.

„Verzeihen Sie vielmals," sagte er, „aber Sie können ihn ja öffnen, der Gummi ist noch feucht."

Wallis schüttelte den Kopf.

„Wenn Sie mir sagen, daß nicht mehr drin steht, als ich Sie ersucht habe zu schreiben, oder als ich erwarten kann, daß Sie schreiben würden, so genügt mir das," sagte er.

Damit verließ er Gilbert, der nun in seiner Einsamkeit reichlich Stoff zum Nachdenken hatte.

13. Der Testamentenonkel

General Sir John Standerton war ein Mann von boshafter und reizbarer Gemütsart. Man hielt ihm die Entschuldigung zugute, daß er den größeren Teil seines Lebens in Indien zugebracht hatte, einem Lande, dem man die Wirkung zuschreibt, auch den sanftesten Charakter zu untergraben. Er war Junggeselle und lebte für sich allein, abgesehn von einem kleinen Dienerheer. Dem Landgut, das er vor zwanzig Jahren käuflich erworben, hatte er einen andern Namen gegeben: es war in der ganzen Gegend als ›Die Residentschaft‹ bekannt, wo er eine Art Feudalherrschaft aufrecht erhielt.

Seine Feinde behaupteten, er halte sein Dienerbataillon nur deswegen auf voller Stärke, um immer jemanden zu haben, auf den er schimpfen konnte; aber das war sicher gehässige Verleumdung. Man erzählte sich auch, er nehme sich jedes Jahr einen neuen Anwalt, und es stand fest, daß er seine Banken mit ungewöhnlicher Geschwindigkeit wechselte.

Leslie Frankfort saß eines Morgens mit seinem Bruder beim Frühstück in seinem kleinen Haus in Mayfair.

Jack Frankfort war ein vielversprechender junger Rechtsanwalt und gehörte zu dem Anwaltsbureau, das zur Zeit die Geschäfte Sir John Standertons verwaltete.

„Übrigens,“ sagte Jack Frankfort, „ich werde heute nachmittag einen alten Freund von dir aufsuchen.“

„Welchen alten Freund?“

„Standerton.“

„Gilbert?“

Jack Frankfort lächelte.

„Nein, Gilberts schrecklichen Onkel; wir haben gerade etwas für ihn zu erledigen.“

„Worum handelt es sich bei deinem Besuch?“

„Um ein Testament, mein Junge; wir sollen ein Testament machen.“

„Wie viele Testamente hat der alte Mann wohl schon gemacht?“ fragte Leslie nachdenklich. „Armer Gilbert!“

„Warum armer Gilbert?“ fragte der andre und nahm sich Marmelade.

„Nun, er war ungefähr zehn Minuten lang der Erbe seines Onkels.“

Jack grinste.

„Jedermann ist mal für zehn Minuten der Erbe des alten Standerton. Ich glaube wahrhaftig, er hat im Lauf der letzten zwanzig Jahre jedes Krankenhaus, jedes Hundeheim, jedes Katzenspital, jede wunderliche Anstalt, von der die Welt je gehört hat, zu Erben eingesetzt, und heute will er wieder ein andres Testament machen.“

„Leg ein gutes Wort für Gilbert ein,“ sagte Leslie.

Der andre brummte.

„Da gibts keine Möglichkeit, für jemanden ein gutes Wort einzulegen. Der alte Tomlins, der zuletzt mit ihm zu tun hatte, hat gesagt, die größte Schwierigkeit bestehe darin, ein Testament für den alten Burschen fertigzustellen, bevor der Alte sich ein neues ausgedacht habe. Jedenfalls ist er jetzt gerade wieder auf ein neues Testament versessen und ich werde hinfahren und ihn aufsuchen. Kommst du mit? Du kennst doch den alten Herrn?“

„Nicht um mein Leben komme ich mit," sagte der andre hastig. „Ich kenne ihn allerdings und er kennt mich! Er weiß, daß ich mit Gilbert auf gutem Fuß stehe. Ich war einmal mit Gilbert zusammen zwei Tage bei ihm im Hause. Um Gottes willen, gib nicht zu, daß du mein Bruder bist, sonst wird er sich eine andre Anwaltsfirma aussuchen."

„Es ist nicht meine Gepflogenheit, mich meiner Verwandtschaft mit dir zu rühmen," erwiderte Jack.

„Du bist ein frecher Teufel," erwiderte Leslie anerkennend. „Aber ich glaube, als Anwalt mußt du wohl so sein."

Jack Frankfort reiste am Nachmittag nach Huntingdon hinunter; in seinem Abteil befand sich ein freundlicher Mann, mit dem er bald ins Gespräch kam, da sie beide nicht zu jenen unleidlichen Durchschnittsengländern gehörten, die auf der Reise eine unüberwindliche Scheu vor der Anknüpfung einer Unterhaltung haben.

Der Herr war offenbar schon in der ganzen Welt herumgekommen und kannte viele Leute, die auch Jack bekannt waren. Er plauderte eine Stunde lang interessant über fremde Gegenden, und als der Zug auf der kleinen Aussteigestation Jacks anhielt, stieg sein Reisegefährte mit ihm aus.

„Was für ein merkwürdiges Zusammentreffen," sagte der Fremde herzlich. „Das ist auch mein Reiseziel; ein wunderliches kleines Nest, nicht wahr?"

Trotz der Bezeichnung ›wunderlich‹ war es ein sehr freundliches Städtchen und hatte einen der behaglichsten Gasthöfe Englands aufzuweisen, wo die beiden Reisegenossen in zwei aneinanderschließenden Zimmern untergebracht wurden.

Jack Frankfort hoffte, mit seinem Auftrag noch am Abend fertig zu werden, um mit einem Nachtzug nach London zurückfahren zu können; doch wußte er, daß es unklug wäre, sich auf eine rasche Geschäftsabwicklung bei dem alten Herrn zu verlassen.

Tatsächlich war er kaum eine Viertelstunde im Hotel, als er eine Weisung aus der ›Residentschaft‹ empfing, Sir John sei erst um zehn Uhr abends zu sprechen.

„Damit kann ich jeden Gedanken, heute nach London zurückzukommen, fahren lassen," sagte Jack verzweifelt.

Beim Essen traf er seinen Reisegefährten.

Obgleich er sonst im einzelnen nicht mit den Lebensgewohnheiten Sir Johns vertraut war, wußte er doch, daß spätes Abendessen eines seiner Steckenpferde war, und da er keine Lust hatte, einen hungrigen Abend zu verbringen, hatte er das Essen um dreißig Minuten früher bestellt, als es sonst in dem kleinen Hotel üblich war.

Dies erklärte er mit entschuldigenden Worten dem gemütlichen Mann, der ihm gegenüber saß, während sie sich über einen vorzüglich gebratenen Kapaun unterhielten.

„Es paßt mir sehr gut," sagte der andre, „ich habe eine Reihe von Geschäften in der Nachbarschaft zu erledigen. Sie müssen wissen," erklärte er, „ich bin der Besitzer einer Geldschrankfirma."

„Geldschrankfirma?" wiederholte Jack erstaunt.

Der Mann nickte.

„Obwohl es Ihnen sonderbar klingen mag, so ist es doch ein recht weitverzweigtes Geschäft," sagte er. „Wir handeln hauptsächlich in Tresors und Stahlkammern, sowohl neuen wie gebrauchten. In London besitzen wir ein ziemlich großes Verkaufslager; aber ich werde nicht gegen die Höflichkeit verstoßen" – er lächelte – „und versuchen, etwas aus meinem Bestand bei Ihnen abzusetzen."

Frankfort war belustigt.

„Geldschrank-Handlung," sagte er. „Man kann sich gar nicht vorstellen, daß man bei so etwas Geld herausschlagen kann."

„Das kann man sich bei keinem Geschäftszweig vorstellen," entgegnete der andre. „Die einträglichsten Unternehmungen sind solche, wo sich der Scharfsinn in bare Münze verwandelt."

„Zum Beispiel –?"

„Zum Beispiel der Beruf eines Rechtsanwalts," lächelte der andre. „O ja, ich weiß. Sie sind ein Rechtsanwalt, das sieht man Ihnen an, und ich hätte Ihren Stand erraten, wenn ich auch nicht Ihre Aktentasche und dann Ihren Namen gesehn hätte."

Jack Frankfort lachte.

„Sie sind scharfsinnig genug, um selbst ein Rechtsanwalt zu sein," bemerkte er.

„Sie machen sich selbst ein Kompliment," entgegnete der andre.

Als Jack später in der Hauptstraße einen Einspänner heranrief, um nach der ›Residentschaft‹ zu fahren, sah er ein großes gedecktes Lastauto, an dessen Seite nur die einfache Aufschrift stand: ›St. Brides Geldschrank-Gesellschaft‹.

Er sah auch seinen angenehmen Reisegefährten in ernstem Gespräch mit dem schwarzbärtigen Chauffeur.

Ein wenig später setzte sich das Lastauto durch die engen Straßen der Stadt in Bewegung und schlug die Richtung nach London ein.

Jack Frankfort hatte keine Zeit, Betrachtungen darüber anzustellen, welche Verkaufsmöglichkeiten für Geldschränke die kleine Stadt biete, denn fünf Minuten später befand er sich in Sir John Standertons Arbeitszimmer.

Der alte General gehörte zu dem Typ, der oft in Witzblättern abgebildet wird. Er war stattlich, hatte ein rotes Gesicht und trug einen kurzgeschorenen Streifen weißen Backenbartes, der plötzlich unter seinem Ohr endete und sich in einem langen buschigen weißen Schnurrbart durch das Gesicht fortsetzte. Außer einem schmalen Kranz weißen Haares, der sich von Schläfe zu Schläfe über das Hinterhaupt zog, war er kahlköpfig. Seine Redeweise ließ sich mit einer Reihe von Explosionen vergleichen. Als der junge Mann in das Arbeitszimmer eintrat, blickte der Alte unter seinen wilden Augenbrauen hervor und musterte ihn von Kopf zu Fuß.

Er war Rechtsanwälte gewöhnt; er kannte alle Abarten und hatte sie in zwei verschiedene Klassen geteilt – sie waren entweder Schurken oder Narren. Für diesen alten Herrn gab es keine Zwischenstufe, und er hegte keinen Zweifel darüber, daß Jack Frankfort, ein klug aussehender junger Mann, zu der ersten Klasse zu rechnen sei. Er forderte ihn barsch auf, Platz zu nehmen.

„Ich möchte mit Ihnen über mein Testament sprechen," sagte er. „Ich trage mich seit einiger Zeit ernsthaft mit dem Gedanken, die Verteilung meines Besitztums anderweitig zu regeln."

Das war seine stets gleichbleibende Formel. Sie sollte den Eindruck hervorrufen, er sei erst nach langen und sorgfältigen Erwägungen zu dem gegenwärtigen Entschluß gekommen, und als sei das Aufstellen eines Testaments ein ernsthaftes und wichtiges Geschäft, das man vielleicht ein- oder zweimal während seines Lebens unternimmt.

Jack nickte.

„Sehr wohl, Herr General," sagte er. „Haben Sie einen Entwurf?"

„Ich habe keinen Entwurf," fuhr ihn der andre an. „Ich habe ein schon vorbereitetes Testament, und hier ist eine Abschrift davon."

Er warf es seinem Anwalt zu.

„Ich weiß nicht, ob Sie das schon gesehn haben?"

„Ich glaube, ich habe eins in meiner Tasche," sagte Jack Frankfort.

„Was zum Teufel wollen Sie damit sagen, daß Sie mein Testament in Ihrer Tasche mit herumschleppen?" schnarrte der andre.

„Ich wüßte mir keinen andern Ort dafür," sagte der junge Mann gelassen. „Sie würden es doch nicht gerne sehn, wenn ich es in meiner Hosentasche mit mir herumtrüge, nicht wahr?"

Der General starrte ihn an.

„Werden Sie nicht unverschämt, junger Mann," sagte er unheilvoll.

Das war kein guter Anfang, aber Jack wußte, daß jede Taktik angewendet worden war, von der schmeichlerischen bis zur hochtrabenden; aber keine hatte Erfolg gehabt, und das Ende aller Bemühungen, soweit die Anwälte in Betracht kamen, war immer der Abbruch der Geschäftsbeziehungen zu dem Hause des Generals.

Er wäre ein ziemlich wertvoller Klient, wenn man ihn dauernd festhalten könnte. Aber kein einziger Anwalt hatte noch eine Methode entdeckt, ihn sich zu sichern.

„Also gut," sagte der General schließlich. „Nun bitte, bringen Sie genau zu Papier, welches meine Wünsche sind, und machen Sie dann einen entsprechenden Testamentsentwurf. In erster Linie widerrufe ich alle früheren Testamente."

Jack, mit Papier und Bleistift bewaffnet, nickte und notierte sich die Sache.

„Als zweites wünsche ich, daß Sie klar zum Ausdruck bringen, daß kein Pfennig meines Vermögens an Dr. Sundles Hundeheim geht. Der Mann ist unverschämt gegen mich gewesen, und ich hasse Hunde nun einmal. Keinen Pfennig meines Geldes soll irgendein Krankenhaus oder überhaupt irgendeine Wohltätigkeitsanstalt bekommen."

Der alte Sünder deklamierte dies alles mit Genugtuung.

„Ich hatte ursprünglich die Absicht, eine recht ansehnliche Geldsumme als Stammkapital für ein Krankenhaus zu hinterlassen," erläuterte er, „aber nach dem Verhalten dieser schändlichen Regierung – –"

Jack lag die Frage auf der Zunge, was die Auseinandersetzung des alten Herrn mit der bösen Regierung damit zu tun habe, daß er allen Wohlfahrtseinrichtungen für die Armen seine Unterstützung entzog, aber wohlweislich behielt er die Frage für sich.

„Überhaupt keine Wohltätigkeitsanstalt."

Der alte Herr sprach langsam und schlug bei jedem Wort nachdrücklich auf den Tisch.

„Hundert Pfund vermache ich dem Heeres-Mäßigkeitsverein, obgleich ich ihn für eine eselhafte Einrichtung halte. Hundert Pfund für das Soldatenheim in Aldershot, die auf tausend Pfund erhöht werden, wenn man ihm seinen konfessionellen Charakter nimmt." Er grinste und fügte hinzu: „Aber es wird zur Kirche von England gehören bis zum jüngsten Tag, daher ist das Geld sicher! Und," fuhr er fort, „kein Geld für die hiesige Krankenkolonie – lassen Sie dieses Legat ja nicht mit einschlüpfen. Dieser blöde verrückte Doktor – ich habe seinen saudummen Namen vergessen – stand an der Spitze der Bewegung, die ein Wegerecht durch mein Besitztum durchsetzen wollte. Ich werde ihm schon ein ›Wegerecht‹ geben," sagte er boshaft.

Er brauchte eine halbe Stunde, um alle die Leute einzeln anzuführen, die in seinem Testament nicht bedacht werden sollten, und während dieser Zeit überschritt der Gesamtbetrag seiner spärlichen Legate nicht die Summe von tausend Pfund.

Als er zu Ende war, schaute er den jungen Rechtsanwalt ratlos an, und ein leiser Schimmer von Humor trat in seine harten blauen Augen.

„Ich denke, wir haben jedermann bedacht," sagte er, „ohne wesentliche Verfügungen getroffen zu haben. Kennen Sie meinen Neffen?" fragte er plötzlich.

„Ich kenne einen Freund Ihres Neffen."

„Sind Sie verwandt mit diesem grinsenden Idioten Leslie Frankfort?" brüllte der alte Mann.

„Er ist mein Bruder," sagte der andre ruhig.

„Hmpf," machte der General. „Ich dachte mirs gleich, als ich Ihr Gesicht sah. Sind Sie mit Gilbert Standerton zusammengekommen?" fragte er plötzlich.

„Ich habe ihn ein- oder zweimal getroffen," sagte Jack Frankfort gleichgültig, „so wie Sie wohl auch mit Leuten zusammenkommen, nur um zu fragen: ›Wie geht es Ihnen?‹ und dergleichen."

„Ich bin niemals mit Leuten zusammengekommen, nur um zu sagen: ›Wie geht es Ihnen?‹" protestierte der alte Herr schnaubend. „Für was für einen Burschen halten Sie ihn?" fragte er nach einer Pause.

Leslies Mahnung, ein gutes Wort für Gilbert einzulegen, kam dem jungen Mann in den Sinn.

„Ich halte ihn für einen recht anständigen Menschen," sagte er. „Wenn er auch etwas zurückhaltend und ein bißchen verschlossen ist."

Der alte Mann funkelte ihn an.

„Mein Neffe verschlossen? Zurückhaltend?" brach er los. „Natürlich ist er zurückhaltend. Glauben Sie denn, ein Standerton ist Allerweltsware? An unsrer Familie gibt es nichts Müller-Meier-Schulzenhaftes, Sir. Wir sind alle zurückhaltend, Gott sei Dank. Ich bin der zurückhaltendste Mann, dem Sie je in Ihrem Leben begegnet sind."

„So siehst du aus," dachte Jack, gab aber seinen Gedanken keinen Ausdruck. Statt dessen setzte er das Thema mit der ihm eigenen Schlauheit fort.

„Er gehört zu den Menschen," sagte er harmlos, „denen Geld zu geben, ich für ziemlich überflüssig halte."

„Warum?" fragte der General mit steigender Wut.

Jack zuckte die Achseln.

„Nun, er macht kein großes Haus und gibt sich keine Mühe, eine besondere Stellung in der Londoner Gesellschaft einzunehmen. Tatsächlich behandelt er die Gesellschaft, als ob er etwas Besseres wäre."

„Und das ist er auch," grollte der General. „Wir sind alle etwas Besseres als die Gesellschaft. Glauben Sie, Sir, ich kümmere mich einen Deut um irgend jemand von diesen Leuten hierzulande? Denken Sie etwa, der Lord High Towers und die Lady Grange imponieren mir? Und die verschiedenen neugebackenen adligen Emporkömmlinge, die das Land bevölkern wie – wie – Feldmäuse? Nein, Sir! Und ich habe das Vertrauen zu meinem Neffen, daß er die gleiche Gesinnung hat. Die Gesellschaft in ihrer gegenwärtigen Zusammensetzung ist nicht so viel wert!“ Er schnippte mit den Fingern in Jacks unbewegliches Gesicht. „Das gibt den Ausschlag,“ sagte der General mit Entschiedenheit und deutete mit dem Finger auf die Notizen, die der andre gemacht hatte. „Den Rest meines Besitzes vermache ich an Gilbert Standerton. Bringen Sie das zu Papier.“

Zweimal zu seinen Lebzeiten hatte er die gleichen Worte geäußert, und zweimal hatte er seinen Sinn geändert. Es war leicht möglich, daß er sich wieder eines andern besinnen würde. Falls der Ruf, der ihm in dieser Beziehung anhaftete, begründet war, konnte sich sein Wille schon bis zum nächsten Morgen gewandelt haben.

„Bleiben Sie bis morgen hier,“ sagte er bei der Verabschiedung. „Bringen Sie mir den Entwurf zur Frühstückszeit.“

„Um wieviel Uhr?“ fragte Jack höflich.

„Zur Frühstückszeit,“ brüllte der alte Mann.

„Zu welcher Stunde frühstücken Sie?“

„Zur gleichen Stunde wie jedes zivilisierte menschliche Wesen,“ herrschte ihn der General an. „Um fünfundzwanzig Minuten vor ein Uhr. Um welche Zeit frühstücken denn Sie, um des Himmelswillen?“

„Um zwanzig vor ein Uhr,“ sagte Jack milde und war auf dem ganzen Heimweg mit sich selbst zufrieden.

An diesem Abend bekam er seinen Reisegefährten nicht mehr zu Gesicht, sondern traf ihn erst am nächsten Morgen beim ersten Frühstück zu der gut bürgerlichen Zeit von halb neun Uhr.

In der Zwischenzeit mußte sich etwas ereignet haben, das den gleichmäßig fröhlichen Charakter des Mannes verändert hatte. Er war düster und schweigsam und sah abgespannt, beinah krank aus, sagte sich Jack. Möglicherweise war es eine schlechte Zeit für den Absatz von Geldschränken, wie für alle andern Erwerbszweige. Aus dieser Erwägung vermied er, vom Geschäft zu sprechen, und während der Mahlzeit wurden kaum ein halbes Dutzend Sätze zwischen den beiden ausgetauscht.

Als Jack Frankfort wieder in die ›Residentschaft‹ kam, stellte er zu seiner Überraschung fest, daß der alte Herr seinen Entschluß über Nacht nicht geändert hatte. Er hatte noch dieselbe Absicht, schien sie sogar noch mehr zu betonen, so daß Jack ihn wirklich nur mit größter Mühe daran verhindern konnte, ein armseliges Hundert-Pfund-Vermächtnis für eine Armen-Apotheke im Norden zu streichen.

„Das ganze Geld soll in der Familie bleiben," sagte der General kurz; „es ist sinnlos, es so hundertpfundweise zu verzetteln, es macht einem nur Unbequemlichkeiten. Ich nehme an, es wird noch einige Jahre dauern, bis er die Verfügung über das Geld bekommt, aber ›Vorbedacht‹ ist der Wahlspruch unsrer Familie."

Es schlug zu Gilberts Vorteil aus, daß der Anwalt auf der Forderung bestand, das Legat für die Armen-Apotheke wieder einzusetzen. Schließlich strich der General überhaupt jedes Legat im Testament aus, und in dem kürzesten Schriftstück, das er je unterzeichnet hatte, vermachte er sein gesamtes bewegliches und unbewegliches Besitztum ausschließlich ›meinem lieben Neffen‹."

„Er ist verheiratet, nicht wahr?" fragte er.

„Ich glaube, ja," sagte Jack Frankfort.

„Sie glauben! Was nützt mir Ihr Glaube," entrüstete sich der alte Mann. „Sie sind mein Anwalt und Ihr Beruf ist es, alles zu wissen. Bringen Sie heraus, ob er verheiratet ist, wer seine Frau ist, woher sie stammt, und schicken Sie ihnen eine Einladung zum Diner bei mir."

„Wann?" erkundigte sich der verdutzte Anwalt.

„Heute abend," sagte der alte Herr. „Es kommt ein Mann aus Yorkshire, mein Arzt, auf Besuch zu mir; es wird eine lustige Gesellschaft geben. Ist sie hübsch?"

„Ich glaube, ja."

Jack sagte dies zögernd, denn er war ehrlich im Zweifel darüber, da er sehr wenig über Gilbert und seine Angelegenheiten wußte.

„Wenn sie hübsch und eine vornehme Dame ist,“ sagte der alte General langsam, „werde ich noch ein besonderes Vermächtnis für sie machen.“

Jack bekam es mit der Angst. Sollte das ein neues Testament bedeuten? Wohl oder übel, die Telegramme wurden losgelassen.

Edith empfing das ihrige und las es voller Staunen.

Das an Gilbert blieb auf dem Tisch in der Diele liegen; denn er war weder während der vergangenen Nacht noch im Lauf dieses Tages zu Hause erschienen.

Die rotgeweinten Augen der jungen Frau legten beredtes Zeugnis ab für die Sorgen, die sie sich um ihn machte.

14. Die Diamanten der Familie Standerton

Edith Standerton packte rasch ihre Abendtoilette ein und machte sich für die kleine Reise nach Huntingdon fertig, bei der sie ihre Zofe mitnehmen wollte. Es war unangenehm, daß sie ohne Gilbert fahren mußte, aber sie hatte sich die Aufgabe gestellt, ihrem Gatten von Nutzen zu sein, und wenn ihr Erscheinen beim Diner seines schwierigen Verwandten dazu beitragen konnte, so wollte sie es gern tun.

Sie kam gerade noch zum Vier-Uhr-Zug, der nach dem Städtchen Tinley ging.

Der alte Herr tat ihr die außergewöhnliche Ehre an, sie auf der Bahn zu empfangen.

„Wo ist Gilbert?“ fragte er, nachdem sie sich gegenseitig vorgestellt hatten.

„Er ist unerwarteterweise nach auswärts gerufen worden,“ erwiderte sie. „Er wird außer sich sein, wenn er es erfährt.“

„Das glaube ich nicht,“ sagte der alte General grimmig. „Es gehört schon ziemlich viel dazu, um Gilbert außer sich zu bringen – sicherlich braucht es etwas mehr als die Gelegenheit, sich mit einem alten Brummbär auszusöhnen. Tatsächlich,“ fuhr er fort, „ist eine Versöhnung ja gar nicht nötig; aber mir kommt es immer vor, als ob jeder, den ich aus meinem Testament gestrichen habe, mich als seinen Todfeind betrachtet.“

„Bitte, nehmen Sie mich nie in Ihr Testament auf,“ lächelte sie.

„Das ist noch gar nicht sicher,“ entgegnete er und fügte galant hinzu: „Obwohl ich glaube, die Natur hat Sie mit so reichlichen Gaben ausgestattet, daß Sie auf so weltliche Dinge wie Geld verzichten können!“

Sie verzog schelmisch ihr Gesicht.

Er war entzückt, eine so reizende Gesellschaft an ihr gefunden zu haben, und Edith Standerton ihrerseits gab sich Mühe, ihm zu gefallen.

Sie hatte eine so gewandte Art, ältere Menschen zu behandeln, daß sie in ihnen das Gefühl erweckte, als seien sie ebenso jung wie sie selbst. Es gibt kaum einen besseren Ausdruck, um ihr Benehmen zu kennzeichnen. Ihr reizvolles Wesen nahm den alten wunderlichen Herrn rasch für sie ein.

Edith wußte nicht, aus welchen Ursachen sich das Glück ihres Mannes gewandelt hatte. Sie wußte überhaupt sehr wenig von seinen Angelegenheiten; sie wußte weiter nichts, als daß er aus diesem oder jenem Grunde, aber ohne sein Verschulden enterbt worden war. Sie wußte nicht einmal, daß es lediglich eine Folge der Launenhaftigkeit dieses alten Mannes war.

„Sie müssen bald wiederkommen und Gilbert mitbringen,“ sagte der General, bevor sie auseinandergingen, um sich zum Diner anzukleiden. „Es wird mir ein großes Vergnügen sein, mich eurer anzunehmen.“

Glücklicherweise enthob sie der General ihrer Verlegenheit um eine Antwort, indem er plötzlich aufsprang.

„Ich weiß, was Sie gern sehn würden,“ sagte er, „Sie würden gerne die Standerton-Diamanten sehn, und das sollen Sie auch!“

Sie hatte zwar kein Verlangen, die Standerton-Diamanten zu sehn, und wußte wirklich nicht einmal, daß ein solches Erbstück existiere; aber da ihn der Gedanke, sie ihr zu zeigen, zu beglücken schien, und sie nun einmal eine Frau war, war sie nicht abgeneigt, diese kostbaren Juwelen zu besichtigen, obwohl sie als ihre künftige Trägerin kaum in Betracht kam.

Er führte sie in die Bibliothek; Jack Frankfort folgte ihnen.

„Da drinnen sind sie," sagte der alte Herr stolz und wies auf einen großen Geldschrank in der Ecke, einen mächtigen, verzierten Tresor.

„Das ist eine Neuerwerbung," fuhr er wohlgefällig fort. „Ich habe ihn von einem Mann gekauft, der sechzig Pfund dafür verlangte – so ein verdammter Schwindler und Schurke von einem Reisenden! Ich habe ihn für dreißig bekommen. Was halten Sie von diesem Geldschrank?"

„Ich denke, er sieht recht hübsch aus," sagte Jack, dem nichts Passenderes einfiel.

Der alte Mann blitzte ihn an.

„Hübsch!" schnauzte er. „Glauben Sie denn, ich kann ›hübsche‹ Dinge in meiner Bücherei brauchen?"

Er zog einen Schlüsselbund aus seiner Tasche, öffnete die Tür des Schrankes, zog eine Schublade heraus und holte ein großes Maroquinetui hervor.

„Hier sind sie!" sagte er voll Stolz, und er konnte wirklich auf eine so schöne Sammlung stolz sein.

Mit dem echt weiblichen Interesse für Schmucksachen ließ Edith die prächtigen Juwelen durch die Finger gleiten. Die Fassung war zwar altmodisch, aber zur Zeit wurden die alten Muster wieder bevorzugt und nachgeahmt. Die Steine funkelten und glitzerten, als trüge jede Facette eine winzige Glühlampe in sich, um den grünen, blauen oder rosigen Glanz ihres Feuers auszustrahlen.

Sogar Jack Frankfort, sonst kein großer Liebhaber von Schmucksachen, war von dem Anblick bezaubert.

„Wahrhaftig, Sir," sagte er, „diese Edelsteine müssen ja einen Wert von nahezu hunderttausend Pfund haben."

„Mehr," sagte der alte Mann, „hier habe ich ein Perlenhalsband," und er zog eine andre Schublade heraus. „Schauen Sie das an! In diesem Schrank befinden sich Schmuckstücke im Werte von beinahe zweimalhunderttausend Pfund."

„In einem Schrank, der dreißig Pfund kostet," sagte Jack unvorsichtig.

Der alte Herr wandte sich zu ihm.

„In einem Sechzig-Pfund-Schrank," verbesserte er scharf. „Habe ich Ihnen nicht gesagt, daß ich den Schweinekerl drangekriegt habe? Ich bitte um Entschuldigung, meine Liebe." Er lachte in der Erinnerung in sich hinein, brachte die Juwelen an ihren Platz zurück und schloß den Schrank ab. „Sechzig Pfund hat er verlangt. Kam hierher wie ein richtiger geschniegelter Londoner Citykerl, Gehrock, Zylinder und Lackschuhe, mein Lieber. Es ist skandalös, wie diese Leute auftreten. Nach der Art, wie er sich gab, hätte er ein Gentleman sein können."

Jack betrachtete den Schrank; er verstand ein wenig vom Wert solcher Sachen.

„Ich kann nicht verstehn, wie er ihn dafür verkaufen konnte," sagte er. „Der Schrank ist seine zweihundert Pfund wert."

„Was?" Der alte General wandte sich höchlich erstaunt zu seinem Anwalt.

Jack nickte.

„Ich habe einen in meinem Bureau, fällt mir gerade ein," sagte er. „Der kostet zweihundertzwanzig Pfund und ist von der gleichen Konstruktion."

„Er hat nur sechzig gefordert."

„Das ist merkwürdig. Macht es Ihnen etwas aus, ihn nochmals aufzuschließen? Ich möchte gern die Riegel sehn."

Der General hatte nichts dagegen, drehte den Schlüssel um und ließ die mächtige Tür aufspringen. Jack schaute sich die starken Stahlriegel an – sie waren ganz neu.

„Ich kann nicht begreifen, wie er ihn für sechzig anbieten konnte. Sie haben sicher tüchtig handeln müssen, Sir, um ihn für dreißig zu bekommen." sagte er.

„Das will ich meinen," erwiderte der General selbstgefällig. „Übrigens erwarte ich für heute abend zum Essen noch einen Herrn," fuhr er fort, als sie sich ins Empfangszimmer zurückbegaben, „einen Arzt aus Yorkshire ... Barclay-Seymour heißt er. Kennen Sie ihn?"

Jack war er nicht bekannt, aber die junge Frau fiel ein: „O ja, er ist sogar ein alter Bekannter von mir."

„Er ist ein ziemlicher Narr," sagte der General, indem er sein einfaches Verfahren, die Menschen einzuteilen, anwandte.

Edith mußte lächeln.

„Ich habe gehört, Herr General, nach Ihrer Meinung gäbe es nur zwei Klassen von Menschen – Schurken und Narren. Ich wäre neugierig zu hören," sagte sie verschmitzt, „in welche Klasse Sie mich einreihen?"

Der alte Herr runzelte die Brauen und blickte der jungen Frau in blendender Laune in ihr schönes Gesicht.

„Für Sie muß ich eine neue Klasse einführen," sagte er. „Nein, Sie sollen eine Klasse für sich bilden. Aber da nun einmal die meisten Frauen Närrinnen sind ..."

„Oh, warten Sie!" lachte sie entrüstet.

„Sie sind es!" beharrte er. „Sehen Sie mich an! Wenn die Frauen keine Närrinnen wären, müßte ich dann nicht verheiratet sein? Wenn irgendeine elegante, hübsche und kluge Dame die nötige Entschlossenheit besessen hätte, sich an mich heranzumachen, so wäre ich jetzt kein Junggeselle mehr, der sein Geld Leuten hinterläßt, die sich keine zwei – Stecknadeln" – gerade noch ersetzte er das ursprünglich beabsichtigte Wort durch einen ehrbareren Ausdruck – „darum kümmern, ob ich lebendig oder tot bin. Kennt Ihr Mann übrigens den Doktor?“

Die junge Frau schüttelte den Kopf.

„Ich glaube nicht,“ sagte sie. „Eines Abends bei einem Diner hätten sie sich beinahe kennen gelernt, aber Gilbert war dann durch eine Verabredung am Erscheinen verhindert.“

„Doch, er muß Gilbert bekannt sein,“ versteifte sich der alte Mann. „Ich habe oft mit ihm über Barclay-Seymour gesprochen, der, nebenbei bemerkt, vielleicht kein so großer Narr ist wie die meisten Ärzte. Früher hielt ich ziemlich große Stücke von ihm, mehr als in der letzten Zeit,“ gab er zu, „und ich fürchte fast, ich habe dem armen Gilbert mehr mit Lobpreisungen über Barclay-Seymour in den Ohren gelegen, als dessen Geschicklichkeit und Weisheit es verdienten. Hat er Ihnen von ihm erzählt?“

Die junge Frau verneinte kopfschüttelnd.

„Undankbarer Teufel!“ grollte der General unlogischerweise.

In diesem Augenblick kam einer der vielen Diener mit einem Telegramm auf einem Tablett ins Zimmer.

„Nanu?“ fragte Sir John, setzte seine Brille auf die Nasenspitze und schaute den Bedienten finster an. „Was ist das?“

„Ein Telegramm, Sir John,“ erwiderte der Mann.

„Das sehe ich selber, daß es ein Telegramm ist, du Esel! Wann ist es gekommen?“

„Vor ein paar Minuten, Sir.“

„Wer hat es gebracht?“

„Ein Depeschenbote, Sir John,“ sagte der Diener mit unerschütterlicher Ruhe.

„Warum hast du das nicht gleich gesagt?“ schnauzte ihn der General befriedigt an. Und Edith mußte sich die größte Mühe geben, um bei dieser kleinen Szene einen Lachkrampf zu unterdrücken.

Der alte Herr öffnete die Depesche, faltete sie auseinander, las sie langsam und runzelte die Stirne. Er las sie noch einmal.

„Was soll das nun ums Himmelswillen heißen?“ fragte er und reichte das Telegramm der jungen Frau.

Sie las:

> „Nimm Standerton-Juwelen aus Tresor und deponiere sie unverzüglich heute abend auf der Bank. Falls es dafür zu spät, stelle sie unter bewaffneten Schutz.“

Es war unterzeichnet „Gilbert Standerton.“

15. Die Erzählung des Doktors

Der General las das Telegramm von neuem; ungeachtet seines exzentrischen Wesens, war er ein kluger, verständiger Mann.

„Was hat das zu bedeuten?“ fragte er sich bedächtig. „Wo ist Gilbert? Und wo hat er die Depesche aufgegeben?“

Er nahm das Telegrammformular zur Hand und prüfte es; die Depesche war am Hauptpostamt in London um 6.35 Uhr nachmittags abgegangen.

Die Dinerzeit des Generals entsprach der des Frühstücks; es war ein Viertel nach neun Uhr, als der Gong Edith Standerton aus ihrem Zimmer zum Abendessen rief.

Sie machte sich große Sorgen und konnte den Zusammenhang der Juwelenfrage nicht begreifen. Was hatte Gilbert zu dieser Nachricht veranlaßt? Hätte sie mehr über die Geschehnisse des vorausgegangenen

Nachmittags gewußt, so hätte sie sich wohl eher darüber gewundert, wie er überhaupt imstande war, die Botschaft abzusenden.

Der General nahm die Warnung ernst, doch nicht so ernst, daß er sich zur Aufbewahrung der Juwelen an einem andern Ort bestimmen ließ. Die Anschaffung des Tresors war wirklich nötig gewesen; denn außer dem Silberschrank des Hausverwalters, der kaum als sicherer Ort angesprochen werden konnte, hatte es bisher keinen zuverlässigen Platz für Wertsachen gegeben.

Nachdem er die Juwelen im Tresor nochmals nachgesehen und die Tür wieder gut verschlossen hatte, ließ er einen Diener im Bibliothekzimmer mit der strengen Anweisung zurück, keinesfalls ohne Befehl seines Herrn den Raum zu verlassen.

Als Edith herabkam, fand sie den neu angekommenen Gast vor, der sie mit einem freundlich traulichen Lächeln begrüßte.

„Wie geht es Ihnen, Herr Doktor?“ sagte sie. „Es ist noch gar nicht lange her, daß ich sie bei Mutter kennen gelernt habe. Erinnern Sie sich meiner noch?“

„Ich erinnere mich Ihrer sehr gut,“ erwiderte Dr. Barclay-Seymour.

Er war ein großer, hagerer Mann mit einem dünnen eisengrauen Bart und einer hohen Stirne.

In seiner etwas zerstreuten Art machte er den für andre nicht sehr schmeichelhaften Eindruck, als habe er über gewichtigere Dinge nachzudenken als über das Gespräch, das man mit ihm führte. Er war vielleicht der berühmteste unter den Provinzärzten. Er ließ sich herbei, so weit aus seinem Schneckenhaus zu treten, um Edith und ihre Mutter als alte Bekannte anzuerkennen. Frau Cathcart war mit den Barclays, mit denen sie zusammen aufgewachsen war, eng befreundet gewesen.

„Ihre Mutter ist eine prächtige Frau,“ sagte Dr. Barclay-Seymour, als er die junge Frau zu Tisch führte, „eine schätzenswerte Frau.“

Edith konnte nur mit größter Mühe der Versuchung widerstehn, die Frage zu stellen, inwiefern. Es wäre unverzeihlich von ihr gewesen, hätte sie es getan; aber niemals lag einem Menschenkind ein Wort so zitternd auf der Zunge wie ihr diese Frage.

Der Verlauf des Diners litt ein wenig unter der unbestreitbaren Nervosität des Generals Sir John Standerton, so daß keine recht behagliche Stimmung aufkam. Zweimal während des Essens schickte er einen der drei servierenden Diener hinaus, um, wie er sich ausdrückte, bei dem Posten vor Gewehr nachzufragen. Bis jetzt hatte sich noch nichts Verdächtiges ereignet.

„Ich weiß nicht, was ich aus dieser Juwelengeschichte machen soll. Ich hoffe, Gilbert hält mich nicht zum Narren," sagte er.

Er wandte sich freundlich, wenn auch düstern Blicks, an Edith.

„Hat er in der letzten Zeit Neigungen zum Witzbold entwickelt?"

Edith mußte lächeln.

„Es gibt kaum eine Bezeichnung, die weniger auf Gilbert paßt als das Wort ›Witzbold‹," entgegnete sie.

„Aber ist es nicht recht sonderbar, daß er diese Nachricht geschickt hat?" fuhr der General verdrießlich fort. „Ich weiß nicht recht, was ich anfangen soll. Ich könnte ja einen Schutzmann anfordern, aber die hiesigen Polizisten sind ganz schauderhafte Idioten. Ich habe nicht übel Lust, mein Nachtlager in der Bibliothek aufzuschlagen und selbst die Nacht dort zu verbringen."

Er erwärmte sich ordentlich für den Gedanken, obwohl er ein Lebensalter erreicht hatte, wo das Nächtigen in einem andern als dem gewohnten Raum eine Art von Heldentum darstellt.

Nach dem Diner begab man sich in das Empfangszimmer.

Der General verriet große Unruhe; und auch Edith, obgleich sie anscheinend ohne jede Aufregung Klavier spielte und ein kleines französisches Liebeslied sang, war nicht weniger nervös als der General.

„Ich werde euch sagen, was wir tun," sagte Sir John plötzlich, „wir werden uns in die Bibliothek verziehn. Es ist ein nettes, gemütliches Zimmer, falls Sie, meine Liebe, nichts dagegen haben, wenn wir rauchen."

Es war ein ausgezeichneter Vorschlag, auf den sie mit großem Vergnügen eingingen. Als sie mit Sir John die Treppe hinaufstieg, machte sie eine Bemerkung darüber, daß sie die einzige Dame der kleinen Gesellschaft sei.

Er blickte sich hastig um.

„Einen Arzt habe ich schon immer als eine passende Garde für jede Dame betrachtet," sagte er kichernd – es schien ihm Spaß zu machen.

Nachher spann er diese witzige Bemerkung noch weiter aus, indem er sich laut über alte Weiber in allen Berufen äußerte, bis er in dieser Unterhaltung durch das Erscheinen des Doktors und Jack Frankforts gestört wurde.

Die Bibliothek, ein großer Raum, zeichnete sich besonders dadurch aus, daß sie keine weiteren Beweisstücke für Sir Johns literarischen Geschmack enthielt, als eine Anzahl von Bänden der ›Britischen Enzyklopädie‹ und ein Büchergestell voll ›Ruffs Führer für die Rennbahn‹.

Es war ein angenehmer eichengetäfelter Raum mit großen Fensternischen, die, wie Sir John erklärte, auf eine Terrasse hinausführten – eine treffliche Begründung für seine Befürchtungen.

„Zieh die Vorhänge zu, William," sagte Sir John zu dem wartenden Diener, „und dann kannst du verschwinden. Sorg dafür, daß der Kaffee hierhereingebracht wird."

Der Mann zog die schweren Samtvorhänge über die großen Nischen, stellte der jungen Frau einen Stuhl zurecht und zog sich zurück.

„Verzeihen Sie," sagte Sir John.

Er ging zu dem Geldschrank hinüber und öffnete ihn wieder. Die Prüfung des Etuis ergab, daß alles in Ordnung war.

„Ah," atmete er auf – es war ein Seufzer unendlicher Erleichterung.

„Diese Depesche von Gilbert geht mir auf die Nerven," entschuldigte er sich selbst gereizt. „Warum, zum Teufel, hat er depeschiert? Gehört er vielleicht zu der Sorte von Leuten, die telegraphieren, um sich die Mühe, einen Briefumschlag zuzukleben, zu ersparen?"

Edith schüttelte den Kopf.

„Ich tappe ebenso im Dunkeln wie Sie," sagte sie, „aber ich kann Ihnen versichern, daß Gilbert kein Mensch ist, der unnötig Alarm schlägt."

„Wie kommen Sie mit ihm aus?" fragte er.

Die junge Frau errötete leicht.

„Ich komme sehr gut mit ihm aus," sagte sie und bemühte sich, das Gespräch auf etwas andres zu bringen. Aber es war eine allgemein bekannte Tatsache, daß es noch keiner menschlichen Seele je gelungen war, Sir John von einem Verhör, das er sich vorgenommen hatte, abzubringen.

„Glücklich, und was dazu gehört?" fragte er.

Edith nickte nur und schaute unverwandt auf die Wand hinter dem Kopf des Generals.

„Ich nehme an, Sie lieben ihn, he?"

Edith war das Gespräch peinlich, ebenso anscheinend den beiden Männern, aber Sir John stand nicht allein mit seiner Meinung da, daß Ärzte wenig Sinn für Anstand und Rechtsanwälte keine Ahnung von Schicklichkeit haben. Eine weitere Fortsetzung blieb ihnen durch das Hereinbringen des Kaffees erspart, und die junge Frau war dankbar dafür.

„Ich möchte Sie hier behalten, bis Gilbert Sie abholen kommt," sagte der alte Herr plötzlich. „Ich nehme an, Sie wissen, aber wahrscheinlich wissen Sie es nicht, daß Sie die erste Ihres Geschlechts sind, die ich je in meinem Haus geduldet habe."

Sie mußte lachen.

„Es ist Tatsache," sagte er ernsthaft. „Wissen Sie, ich kann mit Frauen nichts anfangen; sie können sich nicht klarmachen, daß ich zwar ein reizbarer alter Knabe, aber in Wirklichkeit ein harmloser Mensch bin, und ich bin ein reizbarer alter Knabe," gestand er zu. „Nicht, daß sie unverschämt oder grob zu mir sind, aber ich kann ihre sanften Duldermienen nicht ertragen. Wenn eine Dame zu mir sagt, ich soll mich zum Teufel scheren, so weiß ich, woran ich bin. Ich will die ungeschminkte volle Wahrheit ohne Theater. Ich nehme meine Medizin lieber ohne Zucker."

Der Doktor lachte.

„Sie unterscheiden sich darin von den meisten Leuten, Sir John. Ich kenne Menschen, die ziemlich empfindlich gegen die nackte Wahrheit sind."

„Um so größere Narren sind sie," sagte Sir John.

„Das möchte ich nicht gerade sagen," erwiderte der Doktor nachdenklich. „Ich habe eher Sympathie für einen Mann, der sich nicht gerne die ganze Bitternis einer Tatsache wie einen tüchtigen Backstein an den Kopf schmeißen läßt; immerhin kann es manchmal von Vorteil sein, die Wahrheit zu wissen und sich so eine Menge unnützen Kummer zu ersparen," fügte er etwas schwermütig hinzu. Er schien eine unangenehme Gedankenkette aufgerollt zu haben. „Ich werde Ihnen ein außergewöhnliches Beispiel geben," fuhr er in seiner gewöhnlichen bedächtigen Art fort.

„Was war das?" fragte der General plötzlich.

„Ich glaube, es war ein Geräusch in der Diele," sagte Edith.

„Und ich glaubte, es sei ein Fenster," brummte der General, ziemlich beschämt darüber, daß man vielleicht sein Zusammenfahren bemerkt hätte.

„Erzählen Sie Ihre Geschichte weiter, Doktor."

„Vor einigen Monaten," fing Doktor Seymour wieder an, „kam ein junger Mann zu mir. Er gehörte den besseren Kreisen an und war offenbar kein Bewohner von Leeds, jedenfalls war er mir nicht bekannt. Hinterher fand ich heraus, daß er aus London gekommen war, um mich zu Rate zu ziehn.

Er hatte ein wenig mit den Zähnen, einem schartigen Backenzahn, zu tun gehabt, eine ganz alltägliche Sache, und hatte sich im Mundinnern eine kleine Wunde geritzt. Anscheinend beunruhigte es ihn, um so mehr, als er entdeckte, daß die winzige Kratzwunde nicht heilen wollte. Wie die meisten von uns, hatte er eine schreckliche Angst vor Krebs.“ Er senkte seine Stimme, wie es die Ärzte oft machen, wenn sie von dieser schrecklichsten aller Krankheiten sprechen. „Er wollte nicht zu seinem Hausarzt gehn; ich glaube aber, in Wirklichkeit hatte er gar keinen. Er kam also zu mir, und ich untersuchte ihn. Mir schien es gleich sehr zweifelhaft, daß ihm das geringste fehle, aber ich schnitt ein winziges Teilchen der Membrane zur mikroskopischen Untersuchung heraus.“

Die junge Frau schauderte.

„Verzeihen Sie,“ sagte der Doktor hastig, „sonst kommt in der Geschichte nichts Gruseliges mehr vor, falls Sie nicht glauben – . Jedenfalls,“ fuhr er fort, „versprach ich ihm, Mitteilung über das Ergebnis meiner Untersuchung zukommen zu lassen, und bat ihn zu diesem Zweck um seine Adresse. Er lehnte es jedoch ab. Er war sehr, sehr nervös. ›Ich weiß, ich bin ein moralischer Feigling‹ sagte er, ›aber irgendwie möchte ich nicht gerne die nackte Wahrheit in nüchterner Sprache erfahren; wenn jedoch meine Befürchtung zutrifft, habe ich den Wunsch, die Nachricht soll mir auf eine Weise gebracht werden, die mich am wenigsten verletzt‹.“

„Und die war?“ fragte Sir John gegen seinen Willen interessiert.

Der Doktor holte tief Atem.

„Es scheint,“ sagte er, „daß er so etwas wie ein Musiker war,“ – Edith richtete sich erregt auf, krampfte die Hände zusammen und starrte mit gespanntem Gesicht auf den Doktor – „er war etwas wie ein Musiker, das heißt, er liebte Musik sehr. Und seine Art der Nachrichtenübermittlung war einzigartig, ich habe nie zuvor in meinem Leben etwas Derartiges gehört. Er gab mir zwei Karten und einen Briefumschlag mit Adresse, der Adresse eines alten Musikanten in London, den er begönnerte.“

Edith glaubte, das ganze Zimmer um sich tanzen zu sehn, doch sie hielt sich mit Mühe aufrecht. Ihr Gesicht war schneeweiß und ihre Hände hielten die Stuhllehne so krampfhaft umklammert, daß die Knöchel weiß schienen.

„Wie gesagt, sie waren an einen alten Freund von ihm adressiert und hatten beide den gleichen Wortlaut mit folgender Ausnahme. Die eine sagte im wesentlichen: „Sie werden an den und den Platz gehn und die ›Melodie in F-Dur‹ spielen, während die andre die gleiche Anweisung gab und sich nur insofern unterschied, daß er das ›Frühlingslied‹ spielen sollte; nun hier setzt die Tragödie ein.“ Er hob den Finger. „Er gab mir die ›Melodie in F-Dur‹ an, um ihm die Botschaft zu übermitteln, daß er krebsleidend sei.“

Tiefes Schweigen herrschte, in dem nur das rasche Atmen der jungen Frau zu hören war.

„Und, und –?“ flüsterte Edith.

„Und,“ – der Doktor blickte sie mit seinen geistesabwesenden Augen an – „ich sandte die falsche Karte ab,“ sagte er, „sandte sie ab und vernichtete die andre, bevor ich meinen Irrtum erkannte.“

„Dann hat er also keinen Krebs?“ flüsterte die junge Frau.

„Nein, und ich kenne seine Adresse nicht und kann ihn nicht erreichen,“ sagte Barclay-Seymour. „Es war in mancher Beziehung tragisch. Ich glaube, er wollte sich damals gerade verheiraten; denn er sagte mir ausdrücklich: ›Wenn es sich bewahrheitet und ich verheiratet bin, werde ich meine Frau in Armut zurücklassen‹, und er stellte eine sonderbare Frage an mich,“ fügte der Doktor hinzu. „Er sagte nämlich: ›Sind Sie nicht der Ansicht, daß ein zum Tode Verdammter zu jeder Handlung berechtigt ist, sogar dazu, Verbrechen zu begehn, zum Schutze der Geliebten, die er zurückläßt?‹“

„Jetzt ist mir alles klar,“ sagte Edith. Ihre Stimme klang hohl und wie aus weiter Ferne.

„Was war das?“ sagte der General und sprang auf.

Diesmal gab es keinen Zweifel. Jack Frankfort sprang zu dem Vorhang, der die eine Nische bedeckte, und zog ihn beiseite. Da stand Gilbert Standerton, weiß wie ein Gespenst; seine Augen stierten ins Leere und die Hand an seinem Mund bebte.

„Die falsche Karte!“ sagte er. „Mein Gott!“

16. Kursbuch

Einen Monat danach kam Gilbert Standerton vom Auswärtigen Amt heim in sein kleines Haus in St. Johns Wood.

„Es ist ein Herr da, der dich sprechen will, Gilbert,“ sagte seine Frau.

„Ich kann mir denken, wer es ist,“ erwiderte er, „es wird der Prokurist meiner Bank sein.“

Mit einem heiteren Lächeln begrüßte er den hochgewachsenen Mann, der bei seinem Erscheinen aufstand.

„Also, Herr Brown,“ sagte er, „ich muß Ihnen genau erklären, was ich von Ihnen erledigt haben möchte. Da ist in Amerika ein Mann – seit ein oder zwei Wochen wird er drüben sein – dem ich einen großen Geldbetrag schulde – achtzigtausend Pfund glatt beträgt die Summe – und ich wollte Sie ersuchen, dafür zu sorgen, daß ich genügend flüssiges Kapital habe, um die Zahlung leisten zu können.“

„Sie haben mehr als hinreichend zur Verfügung, Herr Standerton,“ entgegnete der Prokurist, „sogar sofort, und ohne daß Sie etwas von Ihren sichern Papieren verkaufen müssen.“

„Das ist gut; Sie werden alle Einzelheiten hier finden,“ sagte Gilbert und holte ein zusammengefaltetes Blatt Papier aus seiner Tasche. „Es handelt sich eigentlich um eine genossenschaftliche Sache, das heißt, es soll zwei Männern namens Thomas Black und George Smith überwiesen werden. Es kann sein, daß sie noch mit andern abrechnen; ich glaube nämlich,“ lächelte er, „sie haben noch andre Geschäftsteilhaber, die am Ende auch noch Anspruch auf Anteile haben.“

„Ich habe noch gar nicht Gelegenheit gehabt, Sie zu beglückwünschen, Herr Standerton," sagte der Bankprokurist, „zu dem wunderbaren Dienst, den Sie der Stadt geleistet haben. Es heißt ja, daß es Ihnen zu verdanken ist, wenn jeder Pfennig, der von der berüchtigten Wallis-Bande gestohlen worden ist, wieder herbeigeschafft ist."

„Ich glaube, das entspricht ziemlich genau dem Sachverhalt," sagte Gilbert gelassen.

„Ich habe neulich einen Bericht darüber in einer Zeitung gelesen," fuhr der Prokurist fort. „Es war ein sehr großer Glückszufall, daß in unmittelbarer Nachbarschaft des Verbrecher-Hauptquartiers Feueralarm entstand."

„Es war ein Glück, daß man das Feuer entdeckte, bevor es das Grundstück der Geldschrank-Gesellschaft erreichte," sagte Gilbert. „Glücklicherweise bemerken mich die Feuerwehrleute durch das Oberlicht. Dadurch war die Sache ziemlich einfach, obwohl sie einige Zeit brauchten, um mich herauszukriegen, wie Ihnen wahrscheinlich bekannt sein wird."

„Haben Sie je diesen Kerl Wallis zu Gesicht bekommen?" fragte der Prokurist neugierig.

„Haben Sie das nicht auch aus den Zeitungen entnommen?" scherzte Gilbert mit einem trocknen Lächeln.

„Es hieß darin, Sie hätten auf irgendeine Weise in Erfahrung gebracht, daß ein Einbruch bei Ihrem Onkel beabsichtigt sei, und daß Sie dorthin eilten und Herrn Wallis gerade unter dem Fenster der Bibliothek an einem Vorbau oder sonst was entdeckten."

„Auf der Terrasse war es," sagte Gilbert ruhig.

„Und daß er die Flucht ergriff, als er Ihrer ansichtig wurde?"

„Das stimmt nicht ganz," sagte Gilbert. „Man kann es eher so ausdrücken, daß mein Erscheinen ihn veranlaßte, sich zu entfernen. Da ich nicht sicher war, ob er sich den Halsschmuck schon angeeignet habe, drang ich durch das Fenster in das Zimmer ein, ohne zu merken, daß jemand drin war. Sie müssen wissen, daß schwere Vorhänge das Licht abschlossen. Während ich dort stand, ist er entwischt, das ist die ganze Geschichte."

Er machte noch ein oder zwei Vorschläge wegen der Geldüberweisung und geleitete dann den Prokuristen hinaus; danach suchte er Edith im Wohnzimmer auf. Sie kam ihm mit einem lieben Lächeln entgegen.

„Kommst du dir im Auswärtigen Amt nicht recht sonderbar vor?" fragte sie.

„Anfänglich war es mir schon etwas merkwürdig zumute, nach meinen früheren Unternehmungen."

Er lachte.

„Ich hätte nie geglaubt, daß Sir John soviel Einfluß hätte, um dich wieder hineinzubringen."

„Ich denke, er hat größeren Einfluß, als du dir vorstellen kannst," sagte er; „aber außerdem gab es noch andre Erwägungen, die mir zustatten kamen. Weißt du, ich war in der Lage, in der Zeit meiner dunkeln Tätigkeit dem Auswärtigen Amt ein paar kleine Dienste zu erweisen, und das war sehr gut für mich."

Sie sah ihn gedankenvoll an.

„Wollen wir nun zu dem Punkt zurückkehren, wo unsre Beziehungen begonnen haben?" fragte sie.

„Wo haben sie begonnen?" gab er zurück.

„Ich weiß nicht, ob wir überhaupt irgendwo begonnen haben," erwiderte sie sinnend.

Als er ins Zimmer hereingekommen war, hatte sie in einen Fahrplan geblickt; sie nahm ihn jetzt wieder zur Hand und blätterte lässig darin.

„Interessierst du dich für dieses Kursbuch?"

„Sehr," sagte sie. „Ich will mich gerade zu etwas entschließen."

„Wozu entschließen?" fragte er.

„Wo – wo wir unsre Flitterwochen verbringen sollen," flüsterte sie.